Der Autor

Wolfgang G. Fienhold lebt seit 1970 als freier Schriftsteller in Frankfurt. Er wurde 1950 in Darmstadt geboren und verbrachte nur wenig Zeit an Schulen und Hochschulen. Statt dessen versuchte er, Aleta und die Nebelinseln zu finden, mit Daniel Düsentrieb über Einstein zu sprechen, mit Conan Armdrücken zu veranstalten und vieles mehr. Gelungen ist ihm letztlich nur ein Muff-Wettsaufen mit Orcan. Wenn sich die beiden davon erholt haben, wird man wieder von ihnen hören . . .

Veröffentlichungen: I. G. Papier und Schreibmaschine, Sachbuch, 1973; Jenseits der Angst, Gedichte, 1974; Ruhe sanft, Stories, 1976; Lächeln wie am Tag zuvor, Gedichte, 1977; Draußen auf Terra, SF, 1979; Manchmal ist mir kein Schuh zu groß, Gedichte, 1979; Die letzten 48 Stunden, SF-Anthologie, 1983; Die flambierte Frau, Roman, 1983; Das Buch vom Zocken, Sachbuch, 1983; Arbeitslos, Sachbuch, 1984; Nachdurst, Gedichte, 1984.

Wolfgang G. Fienhold

ORCAN
VON CHOLERIA

Die unglaublichen Abenteuer
eines Fantasy-Barbaren

Illustrationen von
Peter Kaczmarek

rororo
Rowohlt

rororo tomate
herausgegeben von Klaus Waller

Originalausgabe
Veröffentlicht im Rowohlt Taschenbuch Verlag GmbH,
Reinbek bei Hamburg, Februar 1985

Umschlagbild: Peter Kaczmarek
Umschlagtypographie: Manfred Waller
Satz Sabon (Lasercomp), LibroSatz, Kriftel
Gesamtherstellung Clausen & Bosse, Leck
Printed in Germany
480-ISBN 3 499 15486 2

Inhalt

Vorspann

Viele Jahrtausende vor unserer Zeitrechnung bildeten sämtliche fünf Kontinente eine zusammenhängende Landmasse: die Welt Rowonien.

Es ist die Welt von Orcan, dem Cholerianer – eine wilde, unerforschte, unerforschliche Welt.

Orcan, der Abenteurer und Königssohn, durchstreift die Steppen und Dschungel, die Gebirge und Ebenen. Immer auf der Jagd nach Beute, Glück, Liebe und Kampf. Sein Weg führt ihn in sagenumwobene und märchenhafte Länder, in prächtige Städte und an glanzvolle Höfe. Er begegnet Zauberern, Dämonen, Untieren und Elfen, doch fast nichts kann ihn – und sein Schwert Sakul – aus der Ruhe bringen. Immer wieder versuchen böse Mächte den verlorenen Königssohn (er kennt seine Herkunft nicht, denn er wurde gleich nach der Geburt geraubt) und jetzigen Barbaren zu übertölpeln oder gar zu vernichten. Doch seinen gewaltigen Körperkräften und der unglaublichen Schnelligkeit seiner Waffen verdankt er stets das nächste Abenteuer.

Fienhold schuf dieses gewaltige Epos, und bis heute haben mehr als zwei, nämlich drei namhafte Autoren an der vielseitigen Saga mitgearbeitet. Es sind dies neben Fienhold noch Wolfgang der Erzähler und Günther der Kalauer, der das damals alles noch selbst erleben durfte. Denn: von allen Schriftgelehrten Frasiens ward ihm allein die hohe Ehre zuteil, aus den Lippen seines Königs, Orcans des Mittelgroßen, die Geschichte seiner Wanderungen und Abenteuer zu hören, wie sie ihm auf dem Weg zur Höhe seines Ruhmes widerfuhren. Hier legt er sie nieder, genau so, wie er sie von Orcan vernahm, als der schon lange als gerechter Monarch auf dem Thron saß und die Jahre den ersten Reif in sein schwarzgeeggertes Haar gehaucht hatten.

1. Episode
Orcans Geburt

König Gorf von Frasien und Choleria lief unruhig durch sein Arbeitszimmer. Ab und zu hielt er inne und warf einen Blick auf die herrlichen Folterinstrumente; geistesabwesend streichelte er die Streckbank aus Saurierzahn. Dann nahm er seinen Rundgang wieder auf; die dicken Hirtenteppiche schluckten den Klang seiner schweren Stiefel. 28 Hirten hatte er allein für die Auslegware in seinem Arbeitsraum erlegen müssen – ein teurer, nicht ganz ungefährlicher Spaß. Im ganzen Schloß herrschte (neben Gorf) heute eine gespenstische Ruhe, nur sporadisch erreichte das Wimmern einer gebärenden Frau die Ohren des Königs. Der sonst ungläubige Gorf schickte ein Stoßgebet nach dem anderen zu den Göttern, auf daß ihm Nadow, der höchste Gott der Cholerianer, einen Sohn schenken möge. Choleria brauchte bald einen neuen Herrscher, denn Gorf fühlte, daß seine Tage gezählt waren. Gewiß, 15 bis 20 Jahre würde er die Geschicke des mächtigen Reiches noch lenken können, aber was dann?

Seine Tochter Eissut zeigte keinen Hang, das Staatsamt zu übernehmen. Ihr ganzes Interesse galt den schönen Künsten, den Blumen und Vögeln im Garten.

Nein, auf sie war kein Reich zu bauen. Und die immer wieder vom Osten eindringenden Nessuren verlangten eine starke und entschlossene Gegenwehr. Eine Frau konnte das unmöglich leisten, eine Frau wie seine Tochter zumindest nicht. Ansonsten waren die Damen des cholerianischen Zeitalters recht kriegerisch.

Gorf wußte, daß sein jüngerer Bruder Schorf schon lange auf den Thron des Doppelkönigreiches spekulierte. Bisher hatte er ihn durch den Job des Vizekönigs im fernen Frasien hinhalten können, aber Schorf würde keine Gelegenheit ungenutzt verstreichen lassen, wenn es galt, die ganze Macht an sich zu reißen.

KACZMAREK '84

Bei diesem Gedanken stöhnte Gorf laut auf, so laut, daß er den ersten Schrei seines soeben geborenen Sohnes überhörte. Wenige Augenblicke später wieselte der kleine, weißhaarige Schloßarzt Hunc Nunc in das Arbeitszimmer und bedeutete seinem Chef, ihm zu folgen. Endlich hörte auch der König die kräftigen, fordernden Schreie des Thronfolgers.

«Es ist ein Junge», sagte Hunc Nunc, «und was für ein Prachtexemplar, gut und gern zehn Plaster schwer (1 Plaster = 1,1 Kilogramm) und reich behaart.»

Der König lächelte glücklich.

Reiche Behaarung war nach Meinung des Hofastrologen Caramell die Voraussetzung für ein glückliches Leben in Wärme und Wohlstand.

Gemessenen Stolperns überschritt Gorf die Schwelle zum kreisrunden Gebärsaal. Er war zum erstenmal in seinem Leben leicht neben der Krone. Wie gerne hätte er schnell einen guten Schluck hochprozentigen Tlas heruntergeschluckt, aber dazu war keine Zeit.

Staunend betrachtete er das Riesenbaby, das Brust und Kopf der Mutter völlig verdeckte.

«Ha», entfuhr es dem Monarchen, «das ist der Stoffel, aus dem ein Krieger wird.»

Die anwesenden Astrologen, Zauberer und Hofärzte nickten kopfschüttelnd, obwohl sie wegen des Gebrülls, das der Junge von sich gab, kein Wort verstanden hatten.

«Wir werden ihn Orcan nennen», bestimmte der König, ohne seine Frau, die von den Massen des Kindes immer noch völlig verdeckt war, dazu zu fragen.

Dennoch piepste sie ein zaghaftes «Einverstanden!» unter ihrem Sohn hervor.

«Orcan von Choleria und Frasien – ein Name wie Tod und Teufel, Feuer und Schwefel, ein Name, der in die Geschichte eingehen wird!» Die Voraussagen des Herrschers sollten sich als wahr erweisen, auch wenn er selbst es nie erfahren sollte. Denn noch in dieser Nacht drangen fünf maskierte Männer in die Schlafgemächer der Königin, töteten sie und raubten das Kind. Tags darauf hörte man im Schloß nur noch das Weinen eines völlig gebrochenen Mannes, dessen letzter Regierungsakt der Erlaß eines Maskenverbots im Doppelkönigreich war und der nur eine Woche später an gebrochenem Herzen verschied.

Orcan jedoch wurde nicht getötet, denn zu gerne wollte Schorf – er und kein anderer steckte hinter dem Bubenstück – den Haß, den er immer gegen seinen Bruder empfunden hatte, auf dessen Sohn ausdehnen und ihn täglich Schmach und Schande fühlen lassen.

Daß seine Rechnung nicht ganz aufging, war einem dummen Zufall zu verdanken. Als die Schurken mit dem geraubten Kind das Schloß verließen, konnten sie natürlich nicht den direkten Weg nach Frasien nehmen, sondern mußten das Sumpfgebiet im Norden des Landes durchqueren.

Dort gerieten sie in einen Hinterhalt der Tung-Tungs, einer affenähnlichen Spezies in eineinhalbfacher Gorillagröße, die den jungen Orcan wegen seiner Dimensionen für einen Jungen ihres Stammes hielten und ihn den Räubern entrissen.

Kurzum: die Schufte wurden massakriert, und Orcan wuchs unter den Tungs auf!

2. Episode
Die Flucht

Als Orcan sieben Jahre alt war, hatte er die Mannesprobe zu bestehen. Diese «Ting-Tung-Tang»-Prüfung entschied bei den jungen Halbaffen über Leben und Tod!

Das uralte Ritual bestand aus sieben (die magische Zahl 7 galt überall und immer) Mutbeweisen, und in dem Jahr, als Orcan, nun der Tung-Sprache mächtig, soweit war, gab es außer ihm noch zwölf Aspiranten. Kehlige Knurrlaute erfüllten den großen Platz zwischen den Sümpfen, als die «Kinder» eingewiesen wurden.

Die erste Prüfung war für den Königssohn ziemlich leicht: es galt, auf einem fünf Zoll breiten Stamm über ein Sumpfloch zu balancieren. Dennoch ließen bereits hier zwei Mitbewerber ihr Leben.

Die zweite Aufgabe war nicht viel schwieriger: an einer Liane über ein Sumpfloch schwingen. Nur einer schied aus! Drittens: ein Sumpfloch durchschwimmen – nur einer ging unter!

Nachdem diese Sumpfarie außer von Orcan auch von acht Tungs gemeistert worden war, ging es richtig los. Neun geschickte (der geneigte Leser wird gemerkt haben, daß die ersten drei Aufgaben mit Geschicklichkeit zu tun hatten) Tungs mußten nun ihre Kraft zeigen.

Die alten Tungs sahen diesen Teil der Prüfung am liebsten, hatte er doch neben Geschrei und Action auch Intelligenz zum Inhalt. Die vierte Prüfung war Bäume fällen: hier schied wiederum ein Tung aus, da er in Fallrichtung eines Morwo-Baumes stand (soviel zur Intelligenz: stehe nie in Fallrichtung!).

Bei Prüfung Nummer fünf bekamen die acht verbliebenen Jungmänner je eine Streitaxt (geklaut aus Solingen) in die Hand und mußten sich, Tung gegen Tung, gegenüberstellen. Logisch, daß vier auf der Strecke blieben.

Orcan überlebte, Tscht überlebte, Tschat überlebte, und Vott überlebte. Die alten Tungs zerrissen ihre Felle vor Freude, denn auf diese vier hatten die meisten von ihnen gewettet. Immerhin gingen die Wetten von einem Glas Muff bis zu einer Hütte mit Loggia (Loggia = Wintergarten mit Sumpfdotter).

Prüfung sechs war ein primitives Kräftemessen am Muff-Tisch. Hier saßen sich die Probanden gegenüber und preßten ihre Arme gegeneinander, bis der Verlierer seine Hand auf eine vergiftete Spitze gedrückt bekam und leblos ausschied.

Im fernen Baischuwarien wurde das Spiel «Armdrücken» genannt, aber ohne Gift gespielt.

Orcan und Tscht machten das Rennen. Die letzte Aufgabe war die schwerste: eine Rede halten über die Zukunft des Tung-Volkes. Tscht, der ebenso wie Orcan wußte, daß sie nun die lebensgefährlichen Teile der Mannesprobe überstanden hatten, nahm die Aufgabe mit Gelassenheit hin. Jetzt ging es ja nur noch um die Hackordnung.

Der Sieger würde in den «Großen Rat» aufgenommen werden, während der Unterlegene wahrscheinlich als einfacher Krieger sein Dasein fristen mußte.

Tscht, auch oder trotz seines jugendlichen Alters «der Dödel» genannt (Dödel = Axt des Zimmerers und Hüttenbauers), plusterte sich auf und hub an: «Sumffenbummfenachenkrachenmachensachenweisenscheissenknochenkochenwutzenkutzendenkenlankenhenken», und schloß mit einem kräftigen «Fellab!».

Orcan, der Schüchterne, registrierte den frenetischen Beifall seiner vermeintlichen Stammesgenossen mit Unbehagen, wohl wissend, daß ihm eine Steigerung kaum mehr möglich sein würde.

Er sprach leise und überlegt (obwohl ihn die Tungs seinerzeit nicht Cholerianer, sondern «Kohlherian» = «Unbedarfter» nannten): «Hansenwurstenflickenfickenmurkengurkentetenbetenrassenhassenhassenmassenlasseneuternleuternpillenkillen.»

Andererseits: hätte Orcan damals schon eine Überzeugung gehabt, sie wäre gegen die seine gewesen. So aber schloß er mit den Worten: «Kruzzifuzzi», und machte sich alle Ting-Tung-Tang-Gläubigen zum Feind.

98 zu 2 Prozent ging dann die Wahl aus. Gegen Orcan, versteht sich. Orcan und Tscht waren beide viel zu jung, um zu wissen, daß diese Prüfungen nichts anderes waren als eine völlig natürliche Auslese des Stammes. Um zu gewährleisten, daß nicht nur der

Stärkste und Geschwätzigste aufstieg und in der Rangordnung seinen Platz bekam, sondern daß auch Wuff-Nuff eine Rolle spielte. Konnte man die ersten Checks noch als eine Art «survival of the fittest» bezeichnen, waren die letzten doch vom Charisma geprägt.

Verlierer, hatte der Urvater der Tungs immer gesagt, werden Verlierer bleiben, man sieht's an den Gesichtern.

Orcan hatte also nicht dieses Wuff-Nuff, dieses gewisse Etwas, und er fühlte sich trotz seines relativ guten Abschneidens einsam unter den Tung-Jungs. Zweitbester zu sein war eine Verliererrolle.

Irgendwie hatten in dieser Zeit Königssöhne, selbst unter Affen aufgewachsen, immer das Gefühl, etwas Besseres zu sein.

Und es bedarf keiner Erwähnung, daß sich Orcan, kaum sieben Jahre alt, zur Flucht entschied.

Tief unten in ihm schlummerte nämlich das Gefühl, ein besserer Kämpfer zu sein, als es Dödel je werden konnte. Durch die Prüfungen hatte er gelernt, aus den Sümpfen zu entkommen, und es gelang ihm mit Leichtigkeit.

Nach einigen Tagesmärschen landete er völlig entkräftet bei «Hans dem Seher».

3. Episode
Hans der Seher

Die Kate von Hans lag am Rand der Sümpfe. Niemand, kein Krieger, keine Hexe, Tung oder Tier, behelligte ihn dort. Alle hatten Angst – die originäre Angst der Kreatur vor dem überlegenen Wesen, dabei war Hans von kleiner Gestalt und geradezu unscheinbarem Gesicht, sah man einmal von der großen Warze auf der Braue, der rechten, ab.

Völlig entkräftet, nur der Tung-Sprache mächtig, mehr kriechend denn laufend, erreichte Orcan die Hütte. Hans besah sich den wagemutigen Burschen und schüttelte das greise Haupt. So etwas hatte er noch nicht erlebt. Keine Frage, daß Hans den jungen Königssohn in sein Gemach (Hütten bestehen in der Regel aus einem) bat und ihn verköstigte. Dann fragte er: «Kind, was ist geschehen?» Orcan antwortete nicht.

Darauf öffnete der Seher sein Seher-Buch (die fünf Weisen hatten es ihm seinerzeit geschenkt und mit einer geheimen ökonomischen Formel versehen) und las: «Ein Kind wird dereinst zu dir kriechen, du sollst es gut beraten!» Seltsam, dachte Hans, das reimt sich gar nicht, außerdem hätte ich braten erwartet, aber was soll's.

Und so lehrte er Orcan alle Sprachen, deren er selbst mächtig war, und unterwies ihn im Gebrauch von Löffel und Gabel.

Eines Abends, es war ein fürchterlich dunkler Haaa (Freitag, der Dreizehnte), sagte Hans zu Orcan: «Mein lieber kleiner Barbar», er war mal wieder sturztrunken, wie alle großen Seher, «ich hab dir was zu sagen.»

Orcan, inzwischen 16 Jahre alt und vollreif, hörte hin.

«Ich bin ein weiser Mann!»

Orcan nickte. Hans fuhr fort: «Aus dir wird mal was werden!»

Orcan nickte.

«Aus dir wird ein echter Boss werden.»
«Wirklich?»
«Sicher, die Dings, die Knochen haben's gesagt.»
«Vater, ich weiß nicht, woher du dein Wissen nimmst, aber ich hab's auch im Urin.» Orcan antwortete schnell, doch mit Bedacht.
Hans lächelte matt: «Eieiei, ich könnt's dir jetzt schon sagen . . .»
«Was?»
«Was aus dir wird. Aber ich will dir erst mal eine Probe meiner Kunst geben: Über kurzem Weg wird dir eine Katze namens Gustav über denselben laufen und dich beißen.»
Orcan erschauderte, hatten die Katzen doch immerhin eine Größe von ein bis zwölf Fuß.
Überhaupt war es das erste Orakel, das Orcan so einigermaßen verstand. Die meisten Voraussagen des alten Meisters waren verschlüsselt und handelten von einer fernen Zukunft. Gewiß, Orcan hatte das eine oder andere im Gedächtnis behalten, aber was sollte er mit Sätzen anfangen wie: «In zwölftausend Jahren werden die Könige entmachtet sein, und Präsidenten und Präservative, Konservative und Konserven werden die Welt regieren.»
Lustiger fand er da schon die weisen Sprüche: «Wenn der Zock kräht auf dem Mist, ändert sich's Wetter, oder es bleibt, wie's ist.»
Orcan verdrängte die Gedanken an das Geschwafel des alten Mannes und befingerte mit der rechten Hand seinen linken Bizeps. Ein irres Ding, stellte er stolz fest. Es hatte sich ausgezahlt, daß er täglich die Kühe melken und die Ställe ausmisten mußte. Hans verließ sich nämlich nicht allein auf seine Kunst, sondern hielt sich Vieh und betrieb ein wenig Ackerbau, um auch in schweren Zeiten autark zu sein. Orcan fuhr fort, sämtliche Muskeln zu befingern, und kam zu dem Schluß, nicht mehr viel für ihr Wachstum tun zu können, so riesig kamen sie ihm vor. Lernen konnte er von dem Alten ebenfalls nichts mehr, also: Warum nicht in den Sack hauen und Abenteuer suchen? Hans war inzwischen vom Stuhl gefallen und schnarchte fürchterlich.
Kurz entschlossen griff Orcan zu Holzkohle und Leinwand und formulierte seinen Abschiedsbrief: «Arriverdätschi, Hans (er wählte das Alt-Frasische, weil Hans in dieser Sprache oft seelenvolle Lieder sang), ich suche neuen Glanz. Deine Welt ist mir zu eng. Hasta la meng. Dein Orcan.»

Dann schnürte er seinen Ranzen und zog von hinnen.

Als Hans erwachte, hatte er Kopfschmerzen und ein ungutes Gefühl. Irgend etwas fehlte . . .

«Orcan, Orcan, wo steckst du?»

Als Antwort muhten die ungemolkenen Kühe. Endlich entdeckte Hans den Zettel.

«So ein undankbares Miststück», murmelte er und griff zum großen Buch der Seher. Er schlug nochmals die Stelle auf, die ihn bei der Ankunft des Kindes so verwundert hatte. Richtig, jetzt war das großzügig und weiträumig geschriebene Kapitel so, wie er es bereits seinerzeit erwartet hatte: «Du sollst es gut *braten*!» stand da. Dort, wo er das ‹e› gesehen hatte, lag ein ausgetrockneter Ringelwurm. Ihn hatte er damals für einen, den alles entscheidenden Buchstaben gehalten. Er fluchte lästerlich.

Doch das Schicksal nahm seinen Lauf, und Orcan war nicht mehr zu stoppen.

4. Episode
Die sprechende Katze

Am Morgen des dritten Tages seiner Wanderung nach Süden erreichte Orcan die Tarip-Berge. Aus Hans' Erzählungen wußte er, daß sich hinter dem kleinen, nicht ungefährlichen Gebirge die prächtige Stadt Romram erstrecken mußte. Leichtfüßig erklomm der Cholerianer die ersten Steigungen. Sporadisch blieb er stehen und warf voll Übermut mannsgroße Felsen den Abhang hinunter. Er spielte das Spiel, bis er den Gipfelpunkt erreicht hatte. Dort ließ er sich auf einem kleinen Plateau nieder und wickelte seine Brotzeit aus, während sein Blick zurück über die Steppe streifte, die er durchmessen hatte.

Schnaufend biß er einen großen Kanten Maisbrot ab, als er ein unwilliges Fauchen hinter sich hörte. Etwas müde vom Aufstieg, nichtsdestoweniger hellwach, wandte er sich um. Er sah eine Katze, deren Widerrist sich in gut einsfünfzig Höhe befand, und sprang auf. Seine einzige Waffe war das alte Jagdmesser, das er aus der Hütte mitgenommen hatte. Geduckt erwartete er den Angriff des gefleckten Riesentieres, wobei er das Stilett mehrmals von einer Hand in die andere überwechseln ließ. Interessiert folgte die Katze seinen Bewegungen.

Orcan wich langsam zurück, das Vieh folgte ihm gemächlich. Er stand jetzt ganz am Rand des Plateaus und gedachte sich zu ducken, falls die Katze springen sollte – unweigerlich wäre sie in den Abgrund gestürzt. Den Gefallen tat sie ihm aber nicht und machte sich statt dessen laut schmatzend über Orcans Mahl her. Das war dem jungen Heißsporn zuviel. Wütend trat er hinzu und wollte dem gefleckten Tier einen Tritt versetzen. Er handelte sich dabei nur einen Biß ins Wadenbein ein. Laut stöhnend sank er zusammen.

Die Katze kümmerte sich nicht darum und fraß weiter. Dann

drehte sie den Kopf in seine Richtung, und der Nachwuchskrieger schloß mit seinem Leben ab. Furchterregend entblößte sie zwei Reihen sorgfältig gepflegter Zähne, von denen die äußeren säbelförmig geschwungen waren, und sprach: «Du bist wohl nicht von hier, Jungchen?»

Orcan vergaß die schmerzende Wade, fuhr sich mit der blutigen Hand durchs fettige Haar und antwortete: «Ich wohnte zwei Tagesmärsche von hier bei Hans dem Seher und heiße Orcan.»

«Ich bin Gustav, der Kartäuserkater, meine Freunde nennen mich übrigens Oscar, aber so weit sind wir wohl noch nicht. Angst brauchst du nicht zu haben, es ist ja Tabbas.»

Orcan verstand nicht.

«Am Tabbas fressen wir nur Gefundenes und vermeiden jeden Streit, jedenfalls die Gläubigen von uns», erklärte Gustav.

«Wohin willst du?»

«Nach Romram, dort soll eine Menge los sein.»

«Das kann man wohl sagen. Komm, ich begleite dich bis zum Stadttor. In meiner Begleitung wird dir nichts geschehen.»

«Ich habe keine Angst.»

«Nur Dummköpfe haben keine Angst», beschied ihm Gustav und leckte sich die Pfoten.

Dann trottete er brav vor Orcan her und brachte ihn wirklich unversehrt bis an die goldenen Pforten von Romram.

«Tschüs, vielleicht sieht man sich mal wieder.»

«Ja, vielleicht», antwortete Orcan und betrat die Stadt.

Hinter der güldenen Tür trat der Cholerianer geradewegs in Jauche. Er war im verrufensten Viertel der Stadt gelandet, hier waren die Subcanes zu Hause: Spieler, Süchtige, Prostituierte, Diebe, Mörder und allerlei anderes Gelichter. Nur selten erhellte eine Fackel die dunklen, schmutzigen Gassen, durch die Orcan stapfte. Fürchterlicher Durst quälte den Recken, und er betrat eine düstere Kaschemme mit dem nichtssagenden Namen *Mot-Mot*. Er fand es nicht ungewöhnlich, daß nur Männer in dieser Lokalität saßen, denn er wußte nicht viel von den Sitten und Gebräuchen der Großstädter. Die anerkennenden Pfiffe und Blicke machten ihn nicht weiter mißtrauisch, wußte er doch, daß seine Muskeln ziemlich einmalig sein mußten. Hastig schüttete er ein halbes Dutzend Gläser Weizenmuff in sich hinein und begleitete jedes Glas mit einem satten Rülpser.

Die Blicke der zirka zwanzig Männer galten inzwischen ausschließlich ihm. Ein junger, spindeldürrer Bursche rückte näher an Orcan heran und fragte: «Wohl neu hier, was?» Der nickte und zischte das siebente Muff. Ein neuerlicher Rülpser, kräftiger als alle vorangegangenen, löste allgemeine Begeisterung aus, die Stimmung wurde immer fröhlicher.

Auch Orcan wurde davon angesteckt und lachte mit. Das Weizengetränk machte sich angenehm euphorisierend bemerkbar. Die Ausgelassenheit verstummte schlagartig, als zwei finster aussehende Männer mit schwarzen Helmen und gelben Armbinden die Pinte betraten.

«Das sind die Männer vom DAM», flüsterte Orcans Nachbar, «die suchen hier ihre Opfer für die Jauchegruben.»

«Was ist der DAM?» rief Orcan.

«Psst, leise, sonst bist du dran. DAM heißt Dämonischer Anwerbungs-Moloch. Es sind schon viele junge Männer auf Nimmerwiedersehen in den Gruben . . .»

Er verstummte, denn die Männer hatten sie erreicht.

«Aha, ein neues Gesicht. Willst du dir nicht ein paar Relat verdienen? Bei leichter Arbeit und kostenloser Logis.»

Orcan, reichlich blau, übersah den warnenden Blick des Jungen ebenso, wie er zuvor dessen Warnungen überhört hatte. Er wußte nur, daß er keinen Relat einstecken hatte, um die Zeche zu bezahlen. So gesehen würde er bei Annahme des Angebots der bereits einkalkulierten Kneipenschlägerei entgehen und zu Arbeit und Brot kommen.

Er nickte bedächtig.

«Fein», freuten sich die finsteren Männer, «dann unterschreib mal den Vertrag hier.»

Er unterzeichnete, ohne hinzuschauen, und das Unheil nahm seinen Lauf. Die beiden gaben ihm noch etliche Maß Weizensaft zu trinken und schleppten den völlig Trunkenen später ab.

Das bedauernde Seufzen der Gäste nahm Orcan nicht mehr wahr. Erst am nächsten Morgen, als er sich in Ketten und einer erbärmlich stinkenden Umgebung wiederfand, wurde ihm die Tragweite seines Rauschs bewußt. Er erfuhr, daß er einen Zweijahresvertrag unterschrieben hatte und es keinen Ausweg für ihn gab. Die Ketten waren einfach zu stark für den halbwüchsigen Krieger, der noch lange nicht im Vollbesitz seiner physischen Kräfte war. Zwei Jahre hatte er die Olet-Olet-Gräben von Romram zu reinigen. Eine Arbeit, die ihm gar nicht schmeckte und über die wir schnell das Tuch des Vergessens breiten wollen. Später hat er es allerdings als großes Glück empfunden, nur einen Zweijahreskontrakt unterschrieben zu haben, das änderte aber nichts an seinem abgrund-jauchetiefen Haß auf die Männer des DAM, die seine Unerfahrenheit so schmählich ausgenutzt hatten. Seine Rache würde furchtbar sein, schwor er sich bei jeder Schaufel – und so sollte es auch kommen. Aber bis dahin war noch ein langer Weg.

5. Episode
Die Flucht ins offene Land

Von Städten hatte der inzwischen achtzehnjährige Orcan aus verständlichen Gründen die Nase voll. Ohne einen Blick zurück zu werfen, schritt er, seine armselige Habe auf dem Rücken, durch die goldenen Tore, von denen er sich bei seinem Eintritt so viel versprochen hatte.

Romram würde ihn nur als Eroberer wiedersehen, schwor er sich.

Er lief vier Tage lang ohne Rast und Mahlzeit immer der linken Sonne nach. Nachts diente ihm seine große Nase als Richtungsweiser, denn er hatte vom Seher auch gelernt: Immer der Nase nach. Stets die Nase im Wind halten und ähnliches, und seine Nase konnte jede Menge Frischluft gebrauchen.

In einer kleinen Oase überfraute ihn endlich die Müdigkeit, und er brach erschöpft zusammen.

«Bei der großen Urmutter, es überfraut mich die . . .» waren seine letzten Gedanken, dann wurde ihm dunkelblau vor Augen. Damals hießen solche Zeichen von Schwäche in den meisten Dialekten und immer bei den großen Kriegern ‹überfrauen›, und dies war eher ehrenvoll gemeint. Übermannt werden konnte man nur von einem anderen großen Krieger, im primitiven Kampf – überfrauen hingegen drückte einerseits die Schwäche aus, gegen die selbst der stärkste Körper machtlos war, hatte andererseits und ursprünglich aber auch eine recht greifbare Erklärung: Wenn einem Mann in den Armen einer Frau (der Überfrau sozusagen) die Sinne schwanden, stellte er am nächsten Morgen überglücklich fest: «Du hast mich ganz schön überfraut.» Sie sagte dann oft einlenkend lächelnd: «Na, das nächste Mal übermannst du mich halt wieder.» Einlenkend deshalb, weil es die großen Krieger trotz des Glücksgefühls stets ein wenig unter ihrer Würde fanden, von irgend etwas überdingst zu werden. Eine Ausnahme bildete da nur das Gefühl des gemeinsamen Sinneschwindens in einer Liebesnacht, das man in Ermangelung jeden Sprachgefühls mit ‹überzwercht› bezeichnete.

Hans der Seher hatte ihm das mal erklärt und lachend gesagt: «Mein lieber Junge, wenn dereinst deine Geschichte geschrieben werden wird, werden sich die Menschen Gedanken machen, ob so etwas frauenfeindlich, minderheitenfeindlich oder sonstwie anstößig ist. Die Menschen der kommenden Zeitalter werden sich Gedanken über die Dinge machen, die uns heute so dumm und unwichtig vorkommen wie die Wurmkreisel der Kinder, aber für die Kinder ist ihr Kreisel wichtig und wertvoll.»

Orcan hatte nur verständnislos geblinzelt.

Nun schlief er den Traum des Erschöpften. Damals kannte man noch nicht die später so viel zitierten traumlosen Nächte, man träumte sich immer etwas vor, und das war nicht immer sehr entspannend.

Orcan träumte von Gold und schönen Frauen, von erlesenen Getränken und Speisen, und wenn er danach greifen wollte, wurde alles Jauche.

Ärgerlich wachte Orcan auf und verfluchte Duerf, den Gott der Träume, der anderen, und oft sich selbst, gern die dümmsten Streiche spielte. Und da er so schön dabei war, verfluchte er auch gleich noch Nadow, den höchsten Gott, dem er es zu verdanken glaubte, in den Olet-Olet-Gräben gesteckt zu haben. Den DAM verfluchte er nicht, denn diese Burschen würde er erwischen und mindestens einen Kopf kürzer machen, erst dann würde seine Mannesehre wieder hergestellt sein.

Auf der anderen Seite des Oasenteiches entdeckte Orcan zwei Männer, die unter schattenspendenden Palmen lagen. Erst da wurde ihm bewußt, daß er Stunden in den glühenden Sonnen gelegen haben mußte. Seine Haut fühlte sich zwar etwas schrumpelig an, sonst schien er völlig in Ordnung. Hätte man damals schon von der Existenz des Sonnenstichs gewußt, wäre Orcan nicht so gefaßt geblieben. Aber so schwamm er einfach über den Teich auf die Fremden zu. Prustend entstieg er dem Wasser, baute sich vor den Männern auf und fragte: «Wer seid ihr?»

Sie musterten ihn lange. ‹Nun›, mochten sie denken, ‹von einem unbewaffneten, nackten Mann geht wohl keine Gefahr aus›, und so erwiderten sie unbefangen: «Wir sind Knacks und Knockso, Eisenhändler aus Solingen, und wollen nach Romram, um Waffen zu verhökern.»

Sie hatten das Wort ‹verhökern› noch nicht ganz ausgesprochen, als sich Orcans Brust ein tierisches Stöhnen entrang, seine Augen auf Nullstellung fielen, die Nase zu zittern begann und seine riesigen Arme nach ihnen griffen.

Erschrocken wichen sie vor dem Tobenden zurück und zogen ihre Krummschwerter.

«Bleib stehen, Wahnsinniger, oder wir säbeln dich nieder und...»

Doch da war der Cholerianer auch bereits in Reichweite. Sensibel, wie Waffenhändler nun einmal waren, wollten sie den barbarischen Hünen nicht gleich töten. Also hieben sie mit den flachen Seiten ihrer feinziselierten Klingen aus Sol-Stahl auf seine ebenso flache Stirn. Zing, zung machte es, und die Klingen brachen zweifach entzwei. Entsetzt und keiner Bewegung fähig, starrten sie auf die Griffe in ihren Händen.

«Die schlechte Ware haben wir doch in den Säcken», konnte der eine noch sagen und der andere noch zustimmen, da befanden sie sich auch schon in der Luft an Orcans ausgestrecktem linkem respektive rechtem Arm.

Orcan war nicht so gemein, sie in der Luft verhungern zu lassen, ganz im Gegenteil: Er drückte ihnen einfach die Luft ab, und sie erstickten jämmerlich, aber schnell.

Immer noch wütend, warf er die beiden ins Oasenwasser, bestieg eines ihrer Reittiere, ohne sich um den Inhalt der Satteltaschen zu kümmern, und galoppierte davon. Erst Stunden später, in der nächsten Oase, der Sonnenstich war dank des scharfen Rittes und Orcans außergewöhnlicher Konstitution gewichen, wurde ihm klar, was er getan hatte. Er stieg von dem völlig erschöpften Pferd und schämte sich ein wenig. Dieser Zustand währte nur Sekunden, dann inspizierte er die Satteltaschen. Er fand reichlich Proviant und Säbel, sogar einige Relat.

Seine Lage war somit besser als je zuvor, und stillschweigend gestand er sich ein, daß so ein kleiner Ausflipper nicht das Schlechteste sein mußte.

Erst jetzt, die Nacht setzte ein, und es wurde kälter, bemerkte er, daß er nackt war. Mit Säbel und Pferdedecke bastelte er sich einen Umhang, der ihn einigermaßen wärmte. Wieder legte er sich schlafen, diesmal mit Absicht und nicht etwa überfraut, und träumte Träume ohne Jauche. Die hatten ihm die heißen Sonnen glücklicherweise ebenfalls weggebrannt.

6. Episode

Der Sandmann

Orcan erwachte durch ein tiefes Brummen, das ausnahmsweise nicht von ihm selbst stammte. Ein dicker Wüstenbär hatte sich über ihn gebeugt und war sich offenbar nicht schlüssig, wohin er zuerst beißen sollte. Orcans massiger Körper hatte so viele leckere Stellen für einen Bärengourmet.

Der kam jedoch nicht mehr dazu, weitere Überlegungen anzustellen, denn der Cholerianer zog einen Säbel unter seinem Umhang hervor und schlitzte dem armen Tier so kunstgerecht den Wanst auf, daß es ein leichtes war, in Minutenschnelle einen Fellumhang zu fertigen, was Orcan auch tat. Die mächtigen Keulen des Tieres brieten gerade über einem lustigen Feuer (lustiges Feuer deshalb, weil das triefende Bärenfett mit einem Geräusch, das an Lachen erinnerte, in die Glut tropfte), als Orcan schon wieder ein unheimliches Geräusch vernahm. Es kam in immer kürzer werdenden Abständen und wurde lauter. Jetzt klang es höher . . . fast wie ein menschliches Stöhnen, nein schlimmer, wie das Stöhnen eines Geistes, der keinen Frieden finden konnte. Ein Verstorbener oder Gemeuchelter, der ruhelos sein Geschick beklagte.

Orcan sah sich in der näheren Umgebung der Oase um. Was er erblickte, war Sand, Sand, immer Sand.

Vielleicht kam das Geräusch von der kleinen Hügelkette, dort glaubte er, einen Höhleneingang oder eine kleine Schlucht ausmachen zu können. Das Stöhnen wurde nun zu einem Jaulen, und Orcans Pferd tänzelte unruhig auf und ab. Das konnte kein Leichnam sein. Er packte Dolch und Säbel und schritt auf die Geräuschquelle zu. Zuvor hatte er sein Pferd noch mit einem kräftigen Faustschlag schlafen gelegt, weil er schlichtweg vergessen hatte, daß man so ein Tier auch anbinden konnte, und er vermeiden wollte, es bei seiner etwaigen Rückkehr nicht mehr vorzufinden.

Bei Nadow – dieses Ächzen war ja nicht mehr auszuhalten, entschlossen stapfte Orcan in die Schlucht. Der Sand glitzerte dort wie Edelstein, und Orcan war versucht, sich zu bücken und zu überzeugen, als er einen Haufen gebleichter Gebeine vor sich sah. – Skelette, von der Sonne gedörrt und vom Sand poliert. Dort, unweit der hübschen Knochen, glänzte ein Schwert und wieder etwas weiter ein Dolch. Alles sah aus wie frisch geschmiedet. Orcan zählte 13 menschliche Skelette und ein Pferdegerippe. Das Heulen war kaum noch zu ertragen, und Orcan schrie dagegen an: «Zeig dich, wer du auch sein magst, ich werde dich lehren, hier so einen Zauber zu veranstalten.»

Er wartete.

Keine Antwort. Orcan war's, als hätte sich das Heulen in ein Lachen verwandelt, und er drang tiefer in die Schlucht. Vor ihm wuchs eine Säule aus dem Sand empor, und er hielt inne. Eine Säule vollends aus Sand. Orcan sah genauer hin. Tatsächlich, der Sand sah jetzt aus wie ein Mann mit totem Gesicht. Orcan griff die Waffen fester. Es fehlte nicht viel, und er hätte die Griffe zerquetscht. Seine Muskeln waren bis aufs äußerste gespannt, sein schwarzgeeggertes Haar wehte wild im Wind. Der Sand hatte das Fett hinausgewaschen, die Sonne hatte es getrocknet. Ja, er sah recht manierlich aus, wie er so dastand und auf den Angriff des Sandwesens wartete.

Dann kam der Sand auf ihn zu, hüllte ihn ein. Alle Säbelhiebe, alle Dolchstiche waren sinnlos, er stach und schlug in leeren Sand. Keine Gegenwehr half. Er bewegte sich mit dem Sand, als wäre er ein Teil davon. Orcan begann zu würgen, langsam ging ihm die Luft aus, und es juckte fürchterlich. Er steckte die Waffen in den Gürtel, das Bärenfell klaffte weit auseinander, an die intimsten Stellen drang der Sand, und Orcan kratzte sich ausgiebig. Nadow Lob und Preis sah es keiner der Männer von der Ballwatchunion (später People-Stop-Alliance oder Volkswartbund), sonst hätte er im besten Fall einen strengen Verweis oder im schlimmsten eine Entmannung erhalten.

Wie auch immer, er bekam jetzt wirklich keine Luft mehr: «Halt ein, Geist des Sandes», röchelte er.

«Nie und nimmer», kam es zurück, «mit dir, Tomasius Bug alias Dietrich Tomasius, wollte ich schon lange abrechnen.»

Orcan
KACZMAREK·84

«Aber», kam es röchelnd, «ich bin nicht Dietrich Tomasius, ich bin Orcan.»

Urplötzlich ließ der Sand ihn frei: «Jetzt, wo du's sagst, sehe ich's auch. Der Haß muß mich geblendet haben, verzeih.»

Schnell fand Orcan etwas wieder, von dem er gar nicht wußte, es zu besitzen: seinen Humor.

«Du hattest halt Sand in den Augen!» antwortete er.

«Ach», stöhnte der Sandmann, «wenn du wüßtest, wieviel Kummer mir dieser Bug in den letzten Jahren bereitet hat.»

«Wer ist Bug und was macht er?»

«Er ist ein wandernder Gaukler, und er zieht mit seiner Sängertruppe über die Lande.»

«Ist doch nichts Schlimmes, oder?»

«Doch, seitdem kommt keiner mehr, um meine Gesänge zu hören, denn Dietrich Tomasius hat für seine Tihedarap alle namhaften Howlboys unter Vertrag, bloß mich nicht. Das ist so etwas von geschäftsschädigend, ich kann's dir flüstern.»

«Dein Flüstern war wirklich beeindruckend», gab Orcan zu, «es hat mich von der Oase hierhergelockt.»

Der Sandmann schluchzte: «Du warst der einzige in zehn Jahren. Ich weiß nicht mehr ein noch aus. Ich brauche Publikum, sonst werde ich aggressiv, das hast du ja bemerkt.»

Orcan wurde nachdenklich: «Was kann ich bloß für dich tun, damit du in der Dietrich Tomasius Puppis . . . wie nennt man das? auftreten kannst?»

«Verkünde mein Können, erzähle überall von meiner Sangeskunst, meiner Macht, meiner Schönheit, meiner . . .»

Orcan lauschte noch lange den Worten des Sandmannes, der im Lauf der Nacht immer kleiner wurde, bis er nur noch ein Männchen war, doch Orcan ließ sich nicht überfrauen, er lauschte, bis der Morgen graute, dann erhob er sich und versprach dem Sandwesen, sein möglichstes zu tun. Leider hatte er bei den vielen Worten nicht immer den Sinn verstanden. Dennoch hielt er sein Versprechen und verkündete die Botschaft des Sandmanns.

Damals gab es ein Sprichwort: Alles nur Sand und Maische, und so geriet vieles in Vergessenheit, was Orcan an den Stammtischen der zahllosen Königreiche zum besten gab. Und er versprach sich so oft, daß zuletzt keiner mehr wußte, was eigentlich Sache war. Zum Beispiel sagte er meist: «Und dann sagte das Wesen: Verkünde mein Kommen und preise . . .» etc. Und so sind in Rowonien lange Zeit zwei Märchen erzählt worden, die sich gar nicht ähnlich waren, aber beide auf Orcan zurückzuführen sind . . .

Doch was machte es?

Orcan nahm erst einmal den Weg nach Norden, ohne Pferd, denn das hatte sich von der Kopfnuß nicht mehr erholt.

7. Episode

Bei König Kappes

Orcan, der so oft die Nord-Süd-Richtung wechselte, daß er selbst kaum mehr wußte, ob er gerade west- oder ostwärts lief, landete nach seinem Abenteuer mit dem sangesfreudigen Sandmann in einer kleinen Wüstenstadt mit Namen Raivac.

Raivac lag in einer kleinen immergrünen Talsenke und war nur den wenigsten Menschen und Dämonen bekannt. Strategisch war es völlig unbedeutend, für den Handel nur insofern interessant, als die Bewohner nur vom Feinsten (der Name der Stadt hatte daher seinen Ursprung) aßen und tranken.

Orcan trat durch die schwarzbraunen Stadttore auf echt silberne Platten. Das Hirn des Helden registrierte, daß er so etwas in leicht verkehrter Reihenfolge ähnlich bereits erlebt hatte. Es störte ihn nicht, hatte Hans doch immer gesagt: aliter totaliter. Ja, und einen guten Liter könnte er jetzt vertragen.

Geradewegs begab er sich in eine Schänke, deren goldgelbes Äußeres ihm irgendwie angenehm erschien.

Orcan, der der Ausdrucksweise der Raivacaner dank seiner Schulung bei Hans mächtig war, bestellte sich bei der Barmaid einen doppelten Raivacburger (Feinstes vom Feinen) und ein Glas Schubiakola.

Er zahlte mit einem Lächeln, welches die Maid wechselte, und schlang das Menue (*m*it *e*iniger *N*egierung *u*rig *e*rquickend) hinunter.

Dann fragte er: «Was 'n so los, hier und heute in dieser Stadt?»

Sie schaute ihn nachdenklich an: «Hier und heute, in dieser unserer Stadt ist eine Menge los, sofern es Dödelmann nicht angebunden hat.»

Orcan erstarrte: «Du meinst den Mann, der den Dödel im Haus ersetzt?»

«Richtig!»

Orcan wußte: der Dödelmann, der Zimmerer, der Ränkeschmied, der Liebling der Götter – er also hauste hier!

Orcan, der Tod und Dämon nicht fürchtete, wußte: Hier und heute traf er einen mächtigen Gegner.

«Noch eine Portion – mit!» orderte er auf diesen Schrecken. Barbara, die Barmaid, sie hatte inzwischen ihren Namen genannt, servierte ihm das Gewünschte.

Hastig verzehrte Orcan einen MacPferd mit Schubiakola.

«Wer ist der Boss hier und heute?» Eine naive Frage, die ihm dennoch beantwortet wurde.

«Augenblicklich hat, hat –» sie stotterte richtig nett – «Dödelmann König Kappes, den Enkel von Reua Neda, zum Herrscher erkoren.»

«Wie komme ich zu ihm?»

Barbara lächelte, ihre dicken Brüste schoben sich zu ihm über den Tresen: «Er ist mein Vater, aber er hat mich verstoßen.»

Orcan runzelte die Stirn: «Inzest?» fragte er.

«Quatsch, er will nichts mehr mit mir zu tun haben, er ist Dödelmann hörig, deswegen arbeite ich in dieser Kaschemme.»

«Wie komme ich zu ihm?» hakte er nach.

«Du mußt Renroew, den Hauptmann der Wachen, mit diesem Kraut hier bestäuben.»

Sie reichte ihm einen Beutel Narkotika. Orcan schnüffelte daran und meinte: «Was soll das sein?»

«Ein leichtes Schlafmittel, aber für den tumben Renroew wird es reichen. Dann gehst du der blauen Linie nach und stehst vor ihm.»

«Vor wem?»

«Vor König Kappes, meinem Vater!»

«Und was ist mit Dödelmann?»

«Er ist um diese Zeit . . .»

«Welche Zeit?»

«Hab ich nicht Mitternacht gesagt?»

«Nein!»

«Er ist um Mitternacht immer aushäusig.»

«Warum?»

«Er ist süchtig nach dem Spiel der fallenden Würfel.»

«Versteh ich schon wieder nicht . . . warum spielt er, wenn er der heimliche Chef ist?»

«Das ist der Reiz des Zitterns.»

«Hä?»

«Wenn er verliert, läßt er seine Gegner köpfen, gewinnt er, hat er das Geld auch ohne Blutvergießen.»

«Ein schlauer Bursche.»

Orcan zollte ungewollt Anerkennung.

«Geh jetzt! Gleich ist Mitternacht.»

Orcan nahm das Betäubungsmittel und huschte aus dem Haus. Alles war, wie Barbara es beschrieben hatte, und bald stand er vor König Kappes.

«Hallo, ich wünsche dir einen frohen Tag.»

König Kappes erwiderte: «Gemach, gemach. Bevor du mir möglicherweise schlechte Kunde bringst, nimm erst diese Flasche und trinke einen Begrüßungsschluck. Wir wollen uns auch in diesen ernsten Zeiten die Lebensfreude nicht nehmen lassen . . .»

Orcan tat, wie ihm geheißen.

«Juter Stoff, wat?» fragte König Kappes. «So wat jibt es nur in diesem unseren Lande.»

Orcan nickte und registrierte innerlich, daß König Kappes sich sprachlich schon sehr seinem Großvater Reua Neda angenähert hatte, der zwar weit über die Grenzen von Raviac hinaus als großer, weiser (bzw. schwarzer) Staatsmann bekannt gewesen war, jedoch nie auf den einfachen Dialekt seiner Heimat verzichtet hatte.

«Wer schickt dich, wie kamst du her?» wollte König Kappes nun wissen, um zu demonstrieren, daß er es sehr wohl verstand, die Kernfragen der Politik zu erfassen (was ihm, wie Orcan in der Schänke erfahren hatte, nicht alle Bewohner von Raviac zutrauten).

Orcan erwiderte: «Ich kam so lala, ich meine, die Sache ist nicht so wichtig . . . eigentlich suche ich nach meiner Herkunft, und ich dachte, daß du mir das eine oder andere . . .»

König Kappes lachte hämisch: «Deine Herkunft, woll, woll. Als ob ich nicht wüßte, daß du beim Seher Hans aufgewachsen bist, diesem unerträglichen Halsabschneider, dem, deine Herkunft . . .»

Orcan lenkte ein: «Sicher, der Hans, den kennst du, aber was war vorher?»

Der König kratzte sich am Bart: «Da muß ich wohl den Dödelmann befragen, den Datheisten, woll, auchenblickchenmal.»

Er drückte einen roten Knopf.

«Ey, Dödel, kommste mal rüber?»

Dödel kam, und Orcan sah sich seinem alten Rivalen Tscht gegenüber.

König Kappes, dem die Suche nach dem Ego gar nicht so wichtig war, fragte den servil tuenden Dödelmann: «Dat hier, wat unser junger Freund ist, will sein Herkunft wissen. Jib mal ein!»

Dödelmann grinste heimtückisch und tippte ein paar Zahlen in den Kasten unter seinem Spitzbauch – dann kam's: «Orcan, Königssohn von Choleria, Vater Gorf, aufgewachsen unter den Tungs, später bei Hans dem Seher, hundert Plaster schwer, stark wie etliche Tungs, Haarfarbe schwarzblau bis sandrot, je nach Stimmung . . . etc., etc.»

Orcan erstarrte, Dödelmann grinste.

Das war starker Tobak, er ließ sich die Überraschung nicht anmerken, nahm sich aber im stillen vor, der Sache auf den Grund zu gehen und den Thron gegebenenfalls zurückzugewinnen.

«Nun, Herrscher, ich glaube, dieser junge Mann ist mehr denn ein Sicherheitsrisiko», zischte Dödelmann.

«Kopf ab!» brüllte der König.

«Jau, jau», stimmte Dödelmann ein.

Man rief die Wachen.

Orcan, der solches erwartet hatte, schlug zuerst den wiedererwachten Renroew und dann den Rest der Corona nieder. Leichten Fußes entkam er dieser Stadt und ihren Häschern.

8. Episode
Orcan und die Hexe

Nordwärts erstreckte sich das Gebirge unter einem blaßrosa Himmel. Kurz hielt Orcan inne, um über seine Spuren zurückzublicken. Er dachte: ‹Wer Spuren hinterläßt, kann nicht vollends vom Mops behopst sein. Denn wie hatte Hans der Seher stets gesagt: Man muß Spuren hinterlassen, um Geschichten zu machen – oder hatte er Geschichte gesagt?›

Seine übergroßen Ohren vernahmen das ferne Winseln der Wölfe, und er runzelte finster die Stirnpartie, die bei anderen Menschen zwecks Schutz des Hirns gut gepanzert war: bei Orcan war sie auf Grund der hohen Geburt vierfach gezwirnt. Das hieß in Choleria soviel wie: Diesem Kopf war selbst mit einem Bihänder kaum beizukommen, denn wegen der vielen Fäden war selbst ein gordischer Knoten nur Flickwerk dagegen.

Nun schob Orcan in Ermangelung eines interessanteren Körperteils das Kinn vor und wickelte sich enger in seinen Bärenfellumhang. Das Rudel Wölfe näherte sich. Er nahm einen Schluck aus der Taschenflasche, die ihm König Kappes geschenkt hatte, und begann einen felsigen Hang emporzusteigen, wobei er immer wieder auf der dünnen Eisschicht ausglitt.

Ein starker Wind zerzauste sein jetzt blauschwarzes Haar und hätte ihn fast in Gänze weggeweht, wenn er nicht, ja, wenn er nicht ein sanftes Singen aus einer Höhle gehört hätte. Der vorderste Wolf erreichte gerade den Fuß des Felshaufens, auf dem Orcan stand, als der Sproß des Königs mit einem schnellen Blick den Ernst der Lage zu seinen Gunsten auslegte.

Sah er doch ein Loch.

Dieses Loch bot ihm Durchschlupf. Geschmeidig wie ein Panther, drängte er sich durch den Einschnitt. Und er wunderte sich, daß die Wölfe nicht einmal den Versuch machten, ihm zu folgen.

Orcan stand in einem Raum, der sich durch eine Treppe auszeichnete, was den Cholerianer auf den Gedanken kommen ließ, daß hier denkende Menschen am Werk gewesen sein mußten. Nachdem er seine Augen an die Düsternis gewöhnt hatte, erkannte er einen Thron aus Marmor und Alabaster, auf dem ein Gerippe saß.

‹Pardauz›, dachte Orcan, ‹kein Wunder, daß die Wölfe hier Fersengeld geben.› Das Skelett auf dem Sessel war gut und überhaupt eineinhalb Fuß größer als Orcan, was ihn ärgerte.

Unter dem Schatten des Helms sah das Knochengesicht aus, als wäre es bei einem wilden Schrei erstarrt. Orcan schmeckte die Geschichte nicht, und er ergriff das Schwert der Leiche. Mit einer solchen Klinge konnte für einen potenten Krieger kein Ziel zu hoch gesteckt sein! Denn, so stellte der Barbar schnell fest, der Griff war aus Windhuk und die Klinge aus Solingen. Und diese beiden Eisenreiche galten als das Nonplusultra der Schmiedekunst. Orcan war berauscht von den Träumen, die diese herrliche Waffe in ihm weckte. Vergessen waren seine Schweißfüße und die Einlegesohlen von Wehrdaniens Pädophilen oder Orthopäden; Orcan hatte die Namen der Wunderheiler vergessen.

Verträumt streichelte er die Klinge seines Schwertes, als urplötzlich der Leichnam zum Leben erwachte. Dämonenfeuer brannte in den Augenhöhlen des Totenschädels, und die morschen Knochen knackten wie alte Äste, als sich der Bursche dem Helden näherte. Der Cholerianer war vor Grauen erstarrt, keiner Bewegung fähig.

Der Leichenfuzzie schob ihn gegen die Felswand, erst hier wurde Orcan wieder klar und wußte nicht, ob es die kalte Wand oder das Heulen des Wolfes war, was ihn wieder auf die Rolle brachte. Wie auch immer: er schlug zu und der Leichnam zerfledderte endgültig. Doch jetzt kamen die Wölfe.

Orcan, dem eh schon schlecht war, donnerte auch diesen Zeitgenossen das neuerworbene Schwert gegen die Schnauzen, so daß dem Kampf bald ein Ende war.

Er verbrachte die Nacht, die nicht zu enden schien, in der Höhle.

Nachdem er endlich wieder wach war – Orcans Motto hieß zu jener Zeit: Alles voll durchziehen! –, stapfte er gen Nartrebel. Nartrebel war mehr als ein unheimliches Land, denn dort sollten Hexen hausen. Doch Orcan, der bislang nur fünfzehnmal auf den

Kopf gefallen war, schreckte es nicht. In einer Tiefebene erblickte er eine Hütte.

Orcan näherte sich mit der Vorsicht eines Panthers auf Mäusejagd. Die Tür der Kate stand einen Spaltbreit offen, und er äugte hinein.

Was er sah, wirkte nicht erfreulich: ein kleiner, zerlumpter Mann lag, an einen Pfosten angekettet, auf einem ausgebeulten Fellager. Erfreulicher klang da schon die rauchzarte Stimme, die ihn einlud, am Feuer Platz zu nehmen, und noch erfreulicher war die Gestalt, die zu dieser Stimme gehörte. Etwas in finsterer Weise Geheimnisvolles, aber dennoch Anziehendes ging von der Frau aus, die am Herd stand und in einem Suppenkessel rührte. Orcan stellte fest, daß er hungrig war, übersah jedoch nicht die ölig glänzenden Schenkel und den vollen, sinnlichen Mund der Dame. Gleichzeitig nahm er den angenehmen Suppengeruch wahr, warf noch einen Blick auf den Zerlumpten und griff nach seinem Ohr, um das Brodeln der Suppe besser hören zu können.

Tja, er war schon ein toller Kerl, dieser Orcan, konnte jede Menge Sachen gleichzeitig erledigen, das sollte viele Jahrtausende später erst wieder einem Mann namens Napoleon gelingen, oder hatte Hans der Seher Ronald den Endgültigen, der vier rote Knöpfe gleichzeitig drücken konnte, gemeint? Daran mußte Orcan denken, als er die schwarzhaarige Frau eingehend musterte.

«Wie heißt du?» fragte er, seinen Hundert-Plaster-Edelleib vorsichtig auf einen rohgezimmerten Holzstuhl drapierend.

«Man nennt mich die schwarze Alice», antwortete sie mit gurrender Stimme. Und stellte fest: «Du kommst aus dem Norden.»

Er nickte. Dankbar blickte er dann auf die Speisen, die sie ihm vorsetzte: Gerstenbrot, Ziegenkäse, Trockenfrüchte, Milch, Graupensuppe – ein Vier-Schwerter-Restaurant war das nicht gerade!

Orcan aß mit Heißhunger und spülte die Milch anschließend mit einem Krug Met hinunter. Er rülpste satt und starrte der feurigen Schönheit vorm Herd mutig ins Gesicht. Sie starrte mutig zurück, und schnell war man sich einig: Nach dem Essen sollst du rauchen oder . . .

Sie wählten das Oder.

Ihre nackten Leiber glänzten im Feuerschein, als sie sich mit heißem Atem an ihn preßte und er in sie eindrang. Dann ließ er

ORCAN'S SCHWERT SAKUL INCL. ORIGINALVERPACKUNG

sich mit kraftvollen Bewegungen in die höchsten Ebenen der Lust tragen – die Landung wurde hart. Denn Orcan sah etwas, das ihm nicht sonderlich gefiel. Ihre weißen Zähne wuchsen zu wolfsähnlichen Fängen, ihre Lippen und Brustwarzen schillerten bläulich, und ihre Finger um seine Schultern wurden zu fleischzerfetzenden Klauen, gleich den Krallen eines monströsen Raubvogels.

Dunkler Rauch kräuselte in winzigen gewundenen Schwaden aus den Nüstern einer schwellenden Schnauze. Und die Zunge, die herausschnellte, war gespalten wie die einer Schlange. Bei allen Göttern und jeglichem sexuellen Notstand, das ging wohl doch zu weit. Orcan bemühte sich freizukommen.

Das Wesen, Orcan hatte hier klar erkannt, daß es sich nur um eine Hexe handeln konnte, entwickelte erstaunliche Kräfte, und er mußte Trick 17 (sein Freund Floda hatte ihm diesen Griff in den Kläranlagen von Romram, wo sie jahrelang Jauche schippen mußten, beigebracht) anwenden, um das grausliche Hexentier in die Flammen des Kamins werfen zu können. Dorten verging sie mit dem Getöse eines frasischen Knallfroschs.

Mit Flattern in den Knien suchte Orcan seine sieben Sachen zusammen und wollte gerade gehen, als der Zerlumpte ihn ansprach: «Großer Krieger, es ist ja schön, daß die Hexe, die mich als Wolfsfutter vorgesehen hatte, von dir allegemacht wurde, aber noch netter wäre, wenn du mich auch losbinden würdest.»

Orcan faßte sich an die Stirn, wie hatte er das Kerlchen nur vergessen können? Er band es los und gab ihm Atzung. Der Kleine aß dankbar. Klar, dachte Orcan, undankbar aßen nur Kinder, besonders, wenn es Grünpamp gab.

Das erste Grau des Morgens überzog die Ebene, als Orcan die Tür der Hexenhütte öffnete und den neuen Tag begrüßte. Allerdings antwortete der Tag nicht, statt dessen fragte der kleine Bursche: «Nimmst du mich mit auf deinem Weg nach Süden, ich bin von Berufs wegen Dieb und kann dir sicher nützlich sein.»

Orcan nickte: «Das wäre nicht schlecht, denn ich bin auf dem Weg nach Sirap, um eine der wunderbaren Car-Tier-Ketten zu erwerben, die vor Geldnot schützen sollen. Doch wenn du solch ein Ding klauen kannst, komme ich erst gar nicht in solche Not.»

Die beiden ungleichen, geradezu unegalen Männer lächelten sich an und verstanden sich ohne ein weiteres Wort . . .

9. Episode
Auf dem Weg nach Sirap

Orcan nahm einen Schritt, der kleine Mann vier. Eine ganze Zeit stapften sie so schweigend nebeneinanderher, dann fragte der Größere: «Wie heißt du eigentlich?»

«Man nennt mich Mannomann.»

«Schöner Name, klingt so kräftig und, äh . . . männlich.»

«Keine Frau mochte den Namen bisher.»

«Versteh ich nicht.» Orcans Haar nahm, wie immer, wenn ihn etwas wunderte, einen leichten Rotton an.

«Hey, was ist mit dir?» Der Kleine hatte die Veränderung bemerkt.

«Was meinst du?»

«Siehst du nie in den Spiegel?»

«Ich halte nicht viel vom In-den-Spiegel-Schauen.»

«Dein Haar wurde rot.»

«Woher soll ich das wissen, außerdem ist's völlig uninteressant. Erzähl weiter!»

«Tja, wie soll ich's sagen, die Weiber mögen mich nicht . . .»

«Hab ich bemerkt», warf Orcan trocken ein, was bei der Wüstenlandschaft nicht auffiel.

«Sie mögen mich nicht, weil ich Mannomann heiße und trotzdem so klein bin – allerdings», er grinste verschmitzt, «ich hab so 'nen Dingens!» Er zeigte mit den Händen die Maße einer Papyrusrolle.

«Da könntest du dich ja für Geld sehen lassen, statt es klauen zu müssen.»

«Ich stehle aus innerer Überzeugung, denn ich finde, Eigentum ist Diebstahl.»

«Versteh ich nicht», Orcans Haar wurde noch rötlicher.

«Ganz einfach, wer viel besitzt, kann sich sein Vermögen unmöglich auf anständige Weise erworben haben. Wahrscheinlich mußte er über eine Menge Leichen gehen und hat vor keiner Schurkerei haltgemacht. Mit meinen Diebstählen schädige ich also nur Diebe oder echte Verbrecher und rücke so die Wertmaßstäbe wieder zurecht.»

Orcans feuerroter Schopf glänzte in der Wüstensonne, er versuchte, das Gespräch in andere, ihm verständliche Bahnen zu lenken: «Siehst du die Klapperschlange dort vorn?»

Der Kleine wurde bleich: «Verdammt, wir sind verloren.»

«Unsinn, laß mich nur machen, du bleibst am besten hier stehen.»

Er schritt furchtlos auf das Reptil zu.

Die ungefähr sieben Fuß lange geflügelte Schlange erwartete ruhig den Angriff des Helden. Orcan warf seinen Dolch . . . der Sand spritzte, die Schlange klapperte.

Orcan warf seinen zweiten Dolch, dann den dritten, vierten und fünften. Auch dem achten konnte die Schlange noch ausweichen. Mannomann schüttelte den Kopf, so etwas kannte er nur aus schlechten Erzählungen: Welcher normale Mensch hatte schon ein Dutzend Wurf gut und ebenso viele Dolche bei sich?

Nun reichte es Orcan, er zog zwei seiner vielen Säbel mit der linken Hand und nahm sein berühmtes Schwert in die rechte.

Der Schlange verging das Klappern, und Orcan versah sein Handwerk.

«Mannomann!» bemerkte der Kleine, als die Schlange wie dünn geschnittene Salami vor ihm lag. «Das glaubt mir wieder keiner, das hat ja kein Schwein gesehen.»

Orcan grunzte zustimmend. Das getrocknete Schlangenfleisch würde eine Weile reichen. Sie packten es in ihre Taschen. Nach einer Weile fragte Mannomann: «Ich verstehe nicht, daß einer, der so zu kämpfen vermag wie du, noch eine Car-Tier-Kette gegen Geldnot braucht.»

Ein Scheibchen Schlange kauend, antwortete Orcan: «Nun, auch mir geht es um Grundsätzliches. Ich habe es satt, jeder Barmaid schöne Augen machen zu müssen, um einen Trunk zu kriegen, oder gleich loszuschlagen, wenn ich mal ein Vergnügen haben will.»

«Verstehe ich voll und ganz.»

Wortlos stapften sie weiter, richtiger gesagt, Orcan stapfte, und

KACZMAREK'84

der kleine Mann rannte. Deshalb war er es auch, der an einer Felsquelle um Pause bat.

Sie erfrischten sich mit dem kühlen Naß und aßen einige Scheibchen. Plötzlich färbte sich der Quell karmesin.

Eine Stimme ertönte: «Das ist das Blut von Unschuldigen, die du, Orcan, noch töten wirst, bis deine Tage gezählt sind.»

Mannomann wurde noch kleiner, Orcan schien ungerührt.

Mannomann fragte: «Wie kannst du bei einem solchen Orakel so ruhig bleiben, macht es dir keine Angst?»

«Wie sollte es? Schau, das Blut der Unschuldigen läuft immer noch, und wenn ich bedenke, daß das Blut der Schuldigen nicht mitfließt, werde ich selbst bei zehn Kämpfen täglich ein langes, langes Leben haben.»

Mannomann staunte. So viel Logik hätte er dem großen Barbaren gar nicht zugetraut. Jetzt erst fühlte er sich an seiner Seite völlig sicher.

Orcan sah eine Weile dem sprudelnden Wasser zu, dann fand er es an der Zeit aufzubrechen. Stolz folgte ihm Mannomann, der ihm vorher bereits versichert hatte: «Dir stehle ich nicht nur die Car-Tier-Kette, für dich klemme ich auch die Kronjuwelen von König Hamff, dem Pflanzenfresser.»

«So soll es sein», bekräftigte Orcan und schlug dem Kleinen dermaßen aufs Gesäß, daß er bis auf Sichtweite von Sirap flog. Orcan holte ihn ein, bevor er sich aus dem Sand gegraben hatte. Völlig ungezwungen betraten sie die unbefestigte Stadt.

10. Episode
In den Katakomben

Die beiden Freunde hatten ein fröhliches Lied auf den Lippen und die Hände an den Waffen, als sie in die Zentrale der Diebe und Gauner stolperten. Eigentlich stolperte wieder einmal nur Orcan, denn Mannomann kannte sich ja aus mit den niedrigen Stufen. Die Blicke der Männer am Tresen verfolgten sie, bis sie an einem kleinen runden Holztisch saßen.

«Ich hoffe, daß Retep Keramatsch hier noch der Wirt ist, sonst kann es Ärger geben», flüsterte Mannomann, während Orcan lautstark vierzehn Schwarze mit Wurf bestellte (Schwarze mit Wurf: Dunkler Muff mit Würfelbecher). Es wendete sich alles zum besten; Keramatsch brachte das Gewünschte höchstpersönlich und begrüßte den Kleinen freundlich, alldieweil er Orcan abschätzend maß.

Orcan wartete ab, trank zwölf Humpen und verhielt sich ansonsten still. Mannomann sprudelte nur so von seinen Heldentaten, daß es dem Helden fast peinlich war, zuhören zu müssen. Keramatsch nickte mit der stoischen Ruhe eines Wirts, den nichts erschüttern konnte, außer Claudi, seine Frau, aber das wußten nur diese beiden.

Endlich hatte der Redefluß Mannomanns ein Ende.

Keramatsch kraulte sich den dünnen Bart: «Hm, hm, hm . . .» Er sagte dies 54mal und ärgerte Orcan damit maßlos, bevor er zur Sache kam: «Es gibt nur einen Weg in die Schatzkammer von König Hamff, und der führt durch die Kanalisation.»

Orcan verließ fluchtartig und würgend die Gaststube, gegen dieses Wort war er allergisch. Stunden später erst folgte ihm Mannomann.

Orcan lehnte noch immer japsend an der Hauswand. Er hörte kaum hin, als Mannomann seinen Plan erläuterte. Sein einziger Kommentar war: «Du wirst es alleine tun müssen.»

«Du sollst mir auch nur den Rückzug decken. Am besten, du wartest an dem gewissen Kanaldeckel und hältst ihn zu . . . nachdem ich wieder hinausgeklettert bin – falls ich verfolgt werde.»

Das ließe sich machen, stöhnte Orcan, Hauptsache, er müsse nicht mit. Mannomann glitt in die dunkle Tiefe. Schaudernd sah ihm der Held nach. Offenbar war das Trauma doch nicht vollends von der Wüstensonne eliminiert worden.

Er wartete Stunde um Stunde, der Kleine tauchte nicht mehr auf. Den würgenden Ekel heldenhaft überwindend – die vielleicht größte Tat bis hierhin –, hob Orcan den Gullydeckel und stieg hinein.

Links einen vierzig Plaster schweren Dödel schwingend, rechts das Schwert Sakul in Laufrichtung stoßend, hastete er durch den niedrigen feuchten, stinkenden Gang. Hier erwiesen sich seine großen Füße als hilfreich, denn er konnte prima auf der braunen Masse schlittern. Kurz vor einer Biegung hörte er Stimmen, konnte aber – wie ein schlechter Schlittschuhläufer – seinen Schwung nicht mehr stoppen und rasselte voll in die vorbereitete Falle. Das Ende des Gangs bestand nämlich aus einem massiven Käfig mit stärksten Gittern, dessen Rückwand sich sofort schloß, als Orcan hineinrutschte.

Erstaunt blickte der Hüne auf die Szene, die ihm geboten wurde. Links vom Käfig lag Mannomann in Fesseln und starrte düster vor sich hin, murmelte etwas wie: «Anfänger, wie 'nen Anfänger haben sie mich erwischt.» Viel mehr faszinierte Orcan der Anblick von König Hamff. Der lag, nur mit einem Lendenschurz bekleidet, auf einem Diwan und stopfte pausenlos Trauben und gebratenes Geflügel in sich hinein. Seine Fettmassen schwabbelten bei jeder Bewegung so heftig, daß jedesmal ein leichter Wind den Käfig erreichte.

Kauend und schmatzend begrüßte er den Neuankömmling: «Habe schon viel von dir gehört, aber sehr furchterregend kommst du mir trotz Dödel und Sakul nicht vor.»

«Wie konntest du wissen . . .» knirschte Orcan, dessen rotes Haar wütend hochstand.

«Du glaubst wohl, wir leben hier hinter dem Sitz der Götter und sind deshalb schlecht bestrahlt, was? Weit gefehlt, ich weiß alles, was gegen mich geplant wird.» Er griff sich, einen Augenblick mit Essen innehaltend, an die Kronjuwelen, die er eigens wegen Orcans Kommen angelegt hatte, und spielte dann mit der Car-Tier-Kette an seinem Hals. Orcan blitzte ihn wütend an: «Wie! Ich will wissen wie!»

Hamff lachte feist: «Die Wanzen natürlich, ich habe überall in der Stadt die Wanzen versteckt, auch bei Keramatsch, dem Gaunerwirt.»

«Ich verstehe kein Wort.»

«Nun, ich will dich nicht dumm sterben lassen: Brutus, Rufus, Serverus und Unkus Wanzen sind meine besten Spione. Sie tragen mir in Windeseile alle für mich interessanten Dinge zu. Ist es so?» Er nickte zu vier kleinen, mausgrauen Männern hinüber, die ihm heftige Zustimmung zurücksignalisierten.

«Tja, wenn ich die Gebrüder Wanzen nicht hätte . . .» bekräftigte er jovial.

Orcan legte Dödel und Schwert aus der Hand und versuchte, die Stäbe seines Käfigs aufzubiegen. Der Schweiß trat ihm aus allen Poren, seine Muskeln – besonders der eine – waren bis zum Zerreißen gespannt. Plötzlich brach er seine Bemühungen ab, denn der Wabbelkönig begann laut zu stöhnen. Ein kleiner Kerl in bunter Kleidung, der zu seiner Rechten saß, schien nur darauf gewartet zu haben, denn er rief: «El-es und Ha-es, kommt schnell, es ist wieder soweit.»

Darauf erschienen zwei noch kleinere Männer. Keiner erreichte Orcans Kniehöhe, und der hätte sicher geglaubt, bei einem Zwergenvolk zu sein, wären nicht die bulligen Wachen gewesen, die sich aber nicht rührten. Die beiden Zwerge bestiegen das Puddinggebirge des Herrschers und begannen auf seinem Körper Kreise zu laufen.

«Was hat das zu bedeuten?» fragte Orcan zu Mannomann hinüber. Der erklärte es: «Der unten rechts auf dem Bauch rumturnt, ist LS, und der oben links auf der Brust ist HS. Sie regen den König an. Du weißt vielleicht, daß er sich den ganzen Tag nicht bewegt und nur frißt und säuft, deshalb haben ihm seine Quacksalber HS und LS verordnet, Herz- und Leberschrittmacher nennen sie es.»

«So ein Schwachsinn», kommentierte Orcan.

In diesem Moment richtete sich der König auf: «Höre, Barbar, wer dies nicht kennt, dieses Iß und Trink, dieses Stirb und Werde, ist ein dunkler Gast auf dieser Erde. Ich aber bin ein guter Gast und ein noch besserer Gastgeber, deshalb werde ich dir nun die erlesensten Speisen und Getränke bringen lassen, damit die Arschehopterixe morgen was in deinen Gedärmen finden, wenn sie dich zerreißen.»

Er lachte schallend. Orcan lachte mit, denn um ihn zerreißen zu lassen, mußten sie ihn erst mal aus dem Käfig lassen, und er war gut bewaffnet.

11. Episode
Ein seltsamer Kampf

Am nächsten Abend, Orcan hatte den Tag mit Essen und Schlafen verbracht und fand die Lebensweise von König Hamff gar nicht mehr so übel, wurde der Käfig ungeöffnet in eine Art Arena getragen. Dieses Rund hatte fünfzehn Fuß hohe Wände und war zu allem Überfluß oben herum noch vergittert. Ein Entkommen schien unmöglich. Die Rückwand des Käfigs wurde auf magische Art – jedenfalls konnte sich Orcan den Vorgang nicht erklären – geöffnet, und der Cholerianer stieg vom kleinen in den großen Käfig.

Mannomann empfing ihn: «Habe ich dir nicht immer gesagt, die Welt ist ein Käfig?»

«Kann mich nicht erinnern», brummte Orcan. «Hier hast du eine Waffe, es wird gleich hoch hergehen.»

Mannomann musterte den ihm gereichten Dolch und fragte: «Was sind eigentlich Arschehopterixe?»

«Wir werden es bald wissen, unsere ‹Freunde› haben bereits ihre Plätze eingenommen.»

König Hamff hatte sich mitsamt Diwan und Fressalien in die Loge tragen lassen, zu seiner Rechten saßen seine vierzig Frauen, zur Linken ebenso viele Minister. Das gemeine Volk stand im großen Rund. Die Gemeinsten natürlich wie immer in der Südkurve!

Die Met- und Muffbecher flogen!

«Sagt schon euren Spruch», schrie König Hamff.

«Was für einen Spruch?» fragte der Cholerianer zurück.

Stöhnend griff sich Hamff ans Sechsfachkinn: «Ein Held, der die Regeln nicht kennt, das ist ja nicht zu fassen.»

Er schwang eine große Dauerwurst: «Ihr müßt rufen: Mortadelle, te salutant. Wir grüßen die große Wurst, weil unser Leben uns Wurst ist, weil wir bald zu Wurst werden. Ist das klar?»

ORCAN ENTKOMMT
KACZMAREK '84

«Ich grüße keine Wurst, du Pudding!»

«Ich auch nicht», fügte Mannomann hinzu.

«Wie ihr wollt. Zur Strafe werde ich eure Überreste in alle fünf Windrichtungen verstreuen.»

«Wie meint er das?» fragte Orcan wieder.

«Er rechnet seine Winde hinzu», erklärte Mannomann.

Hamff rief: «Laßt die Tiere ein!»

Unter dem Gejohle der Menge öffneten sich die Fallgitter, und vier doppelmannshohe graubraune Wesen hüpften heran. Sie hatten riesige Füße, einen leeren Beutel am Bauch und sahen ansonsten sehr lieb aus. Ihre Köpfe waren überdimensionale Mauseköpfe und ihre Schwänze ungemein kräftig. Orcan schwang den Dödel, doch Mannomann lachte nur.

«Was hast du, bist du irrsinnig geworden?»

«Ach wo, die Viecher kenne ich, die nennt man bei uns Mäusemanscher. Die sind ganz harmlos, wenn man ihre Sprache kennt, laß mich nur machen.»

Furchtlos trat er vor Orcan und breitete die Arme aus. Schon nach den ersten Lauten, die er ausstieß, wurden die Tiere ganz ruhig, dann nickten sie aufgeregt.

«Alles klar, Orcan, sie werden uns helfen. Wir steigen in die Beutel, und sie setzen uns da oben auf dem Sims ab. Mit dem Arenagitter wirst du sicher fertig.»

Orcan nickte verwundert und stolz zugleich, stolz auf seinen kleinen Freund. Man konnte gar nicht genug Fremdsprachen kennen. König Hamff sah mit Entsetzen, was seine besten Kampftiere taten. Er war wie versteinert, und selbst aus der Südkurve kam kein Laut. Erst, als Orcan die Gitterstäbe aufgebogen hatte und vor dem Herrscher stand, brach ein allgemeiner Tumult aus. Fluchtartig verließ alles, was Beine hatte, das Stadion, und die beiden Abenteurer waren allein mit Hamff.

«Wachen, Wachen!» schrie er verzweifelt. Keiner hörte sein Flehen.

«Na, dann zur Sache», lachte Mannomann und erleichterte den Fettwanst um die Car-Tier-Kette und die Kronjuwelen. Er packte die Beute in die Beutel der Arschehopterixe und fragte den immer noch staunenden Orcan, der die Leichtigkeit dieses Abenteuers kaum fassen konnte: «Und jetzt? Soll ich ihn kaltmachen?»

Hamff quäkte: «Bitte nicht, es gibt noch so viel zu essen!»

Orcan nickte verständnisvoll: «Sage mir eines, warum nennt

man dich eigentlich den Pflanzenfresser? Ich habe dich Fleisch essen sehen.»

«Schau, Barbar, das ist nur eine Schau fürs Volk, wir Personen des öffentlichen Lebens müssen uns bei aller Despotie doch andererseits recht volksnah geben, und solange in diesem meinem Lande nicht jeder Bauer sonntags sein Huhn im Topf hat, lasse ich das Gerücht ausstreuen, ein Grünkohl- und Obstfresser zu sein.»

«Ich werde die Politik nie verstehen», meinte Orcan und wandte sich angeekelt ab. Und machte den Fehler aller Helden, als er sagte: «Lassen wir das fette Schwein leben, das Leben ist für ihn Strafe genug.»

Langsam strebten die Freunde dem Ausgang zu. Die Arschehopterixe folgten ihnen brav. Keiner sah das tückische Grinsen in Hamffs Gesicht.

Am Ausgang hatten sich die inzwischen wieder gefaßten Wachen versammelt und machten Anstalten, den grübelnden Helden nicht durchzulassen. Wütend darüber, bei seinen Gedankenfolgen gestört zu sein, griff Orcan an. Mit Dödel und Sakul schlug er eine blutige Bresche. Dutzende starben unter seiner Hand.

Mannomann wagte Kritik: «Wäre es nicht einfacher, billiger und leichter gewesen, nur den König zu töten?»

«Mag sein, aber das wäre *zu* leicht gewesen. Ich bin Orcan, ich mache es mir nicht leicht.»

«Für mich bist du zwar ein Held, aber auch ein Massenvernichtungsmittel, deshalb werden sich unsere Wege, bei aller Freundschaft, hier trennen.»

Er gab Orcan die Car-Tier-Kette und die Kronjuwelen, setzte sich in den Beutel des Arschehopterix und ließ sich davonhüpfen.

Orcan blickte ihm traurig nach.

12. Episode
Alone again

Wie hatte Hans der Seher immer gesagt? «Der Einsame ist stark am alleinsten» oder: «Der Starke ist am einsamsten allein»?

Orcan grübelte und einigte sich mit seiner Erinnerung auf: «Der Starke ist allein am stärksten!»

Müde stützte er sich auf seinen Dödel. Was jetzt? Ein Ortswechsel schien angebracht! Orcan kaufte sich am Rand der Stadt ein Reit- und ein Packpferd, zahlte mit einer Perlenkette und ritt mal wieder der untergehenden Sonne, der westlichen, entgegen.

Leise pfiff er ein Liedlein vor sich hin, dessen Text er vergessen hatte, aber wir kennen die Worte: «Ich bin ein armer, einsamer Barbar, weit, weit weg von zu Haus.»

Und wie er so trabte und pfiff, kam ihm plötzlich die Erleuchtung. Sicher, er beherrschte einige Fremdsprachen, und inzwischen hatte er auch einiges von Rowonien gesehen, aber irgendwie kam er sich verdammt ungebildet vor. Stärke und Reichtum waren ja recht hübsche Weggefährten, doch Macht und Weisheit würden ihn zweifelsohne vervollkommnen.

Hans hatte ihm einmal von den sieben Zauberern im kleinen Wandertal erzählt, die die Suppenlöffel der Weisheit hüteten. Das war ab sofort seine Marschrichtung.

Grob gesagt, lag das kleine Wandertal am Sitz der Götter. So viel wußte Orcan, und er wußte, daß dieses Tal ständig um den Götterberg wanderte, daher der Name. Was er nicht wußte, war, daß es sich um eine schwimmende Insel auf dem runden Fluß handelte.

Froh, wieder ein Ziel zu haben, trieb er die Pferde an. Ein ereignisloser Ritt stand ihm bevor, nicht einmal die kleinste Sandviper, eine mittlere Räuberbande oder gar ein gestandenes Monster kam in Sichtweite. Am vierten Tag der Reise fiel Orcan ein, daß er vergessen hatte, Proviant einzukaufen. Und das nur, weil er gerade darüber sinniert hatte, daß Gold eigentlich ein ziemlich geschmackloses Metall sein mußte. Er entblödete sich nicht, einen Zacken aus der Beutekrone zu brechen, um daran zu lutschen. Es schmeckte ihm wahrhaftig nicht.

Helden essen wenig, trinken viel und scheißen nie. Das schien zu allen Zeiten ein ehernes Gesetz gewesen zu sein. Grübelnd setzte Orcan einen Strahl in den Sand – wie viele große Gedanken mögen schon beim Pissen gedacht worden sein? Er konnte nicht anders, er mußte dabei an ein Gespräch denken, das Hans mit einem seiner seltenen Besucher führte. Orcans rauchgraue Augen tränten von der Anstrengung, sich dieses Gespräch ins Gedächtnis zurückzurufen. Der Besucher, ein unscheinbarer Mann in vorgerückten Jahren und mit weißem Spitzbart, hatte beim Abendessen aus heiterem Himmel den Satz: «Wer viel weiß, weiß, daß er wenig weiß» in den Raum gestellt. Orcan war gar nicht dazu gekommen, den Sinn zu überdenken, da hatte Hans bereits geantwortet: «Demnach weiß, wer alles weiß, daß er nichts weiß.»

Worauf der Spitzbart heftig in der Suppe rührte und antwortete: «Der Umkehrschluß wäre: Wer nichts weiß, weiß alles.»

«Womit bewiesen ist, daß ein Umkehrschluß ein falscher Schluß ist», meinte Hans.

«Eben, eben», sagte der Besucher und aß noch einen Löffel voll.

«Keiner weiß mehr», sagte daraufhin Hans.

«Niemand weiß mehr als jemand, und keiner hat eine Ahnung.»

Kleine rosa Wölkchen stiegen aus Orcans Ohren, er steckte sein Gerät weg und versuchte, an etwas anderes zu denken. Hätte er sich den weiteren Verlauf dieses Abends vorgestellt, wäre ihm wahrscheinlich der Schädel geplatzt, von innen heraus war auch eine vierfache Zwirnung nicht unüberwindlich. Schlagartig wurde ihm wieder bewußt, wie dringend er die Löffel der Weisheit brauchte. Nicht auszudenken, was sonst geschehen konnte!

Er schwang sich aufs Pferd und ritt der roten, untergehenden Sonne entgegen.

13. Episode
Das wandernde Tal

Orcan hatte einen gewaltigen Massel: als er den Rundfluß erreichte, befand sich die Insel ihm gerade vis-à-vis. Sie trieb in dem schmutziggrauen Wasser unmerklich langsam und war von einem dichten Baumring umgeben. Den eigentlichen Wald konnte Orcan vor lauter Bäumen nicht erkennen, geschweige denn das Tal.

Nahe dem Ufer fand er eine kleine grasbewachsene Senke, in die er die Reittiere führte, in der er auch seinen Goldschatz vergrub und wo er sich seiner Kleider entledigte. Außer dem Gürtel, an dem Sakul hing, sollte ihn nichts am Schwimmen hindern. Immerhin galt es, eine Strecke von gut 1500 Fuß zurückzulegen. Gutgelaunt stürzte er sich in das kühle Naß. Es tat seinem immer noch heißen Kopf gut. Zügig schwamm er los. Beim Näherkommen erschien es ihm, als bestünde der Wald nur aus einem einzigen Baum, so dicht war das Gehölz. Er hatte keine Zeit mehr, sich darüber zu wundern, irgend etwas zog ihn plötzlich mit großer Macht in die Tiefe. Er verschwand in den schmutzigen Fluten, ohne Luft holen zu können, war aber geistesgegenwärtig genug, um Sakul aus dem Gürtel zu ziehen. Verschwommen, im wahrsten Sinn des Wortes, nahm er einen riesigen Kraken wahr.

«Aha», sagte er, «du Octopussy, ich Orcan.» Er hätte es besser nicht gesagt, seine Lungen füllten sich augenblicklich mit Wasser. Es wurde ihm gleichzeitig rot und schwarz vor Augen, für einen unpolitischen Menschen nichts Außergewöhnliches, jedoch höchst unangenehm – auch für Orcan. Wild schlug er mit dem Schwert um sich. Mehr zufällig trennte er dabei den Fangarm des Kraken ab und gelangte im letzten Moment wieder an die Wasseroberfläche. Wütend schnappte er nach Luft, da hatte ihn auch bereits der nächste Fangarm in die Tiefe gezogen. Jetzt war er besser vorbereitet, schnitt auch dieses Tentakel durch und tötete das Flußmonster nach kurzem, heftigem Kampf. Mit einem markerschütternden «Aaaaaaaaoooooooeeeeeeiiii» tauchte er auf. In genau 56,431 legte er die letzten Fuß zur Insel zurück und erklomm die Uferböschung. Sakul in der Hand, näherte er sich dem Gehölz, fand keinen Durchschlupf und fluchte erst einmal fürchterlich. Dann rief er sich selbst laut zur Ordnung und überlegte: Klettern? Die Bäume waren gut 90 Fuß hoch. Die Aufgabe war nicht undurchführbar für einen, der unter Tungs aufgewachsen war, doch für einen Orcan nicht spektakulär und sportiv genug.

Er schwang Sakul und schlug ins Holz. Nach fünf, sechs Schlägen hatte er eine kindsgroße Bresche geschlagen und sah irisierendes Licht. Er steckte seinen kindsgroßen Kopf hindurch und spürte sofort einen Schlag, der ihm die Sinne raubte. Es dauerte eine Weile, bis er wieder zu sich kam.

Er fand sich – ungefesselt – in einem Kreis von sieben langen, dürren und weißbärtigen, weisblickenden Männern wieder.

«Was ist geschehen?» murmelte er benommen.

Einer der äußerlich kaum unterscheidbaren Hageren antwortete: «Dir ist eine Dachlatte auf den Kopf gefallen, als du so ungestüm in unser Haus eindrangst.»

«Haus, ich habe doch ein Loch in einen Baum geschlagen, ein Ast wird mir . . . oder ein Knüppel, geführt von eurer Hand . . .»

«Humbug», winkte der Zauberer ab, «dieses Baumgebilde ist nicht wirklich. Es soll nur den Bestand eines Waldes vortäuschen, in Wirklichkeit ist es ein solides Wohnhaus, das rings um die Insel gebaut ist.»

«Ich sah nur grüne große Bäume», stammelte Orcan naiv.

«Wir arbeiten mit Halluzinogenen, im Volksmund auch Halunkinaden genannt, um uns so vor unerwünschten Besuchern zu schützen.»

«Verstehe», meinte Orcan, der mal wieder gar nichts verstand. «Aber ihr seid echt?»

Die sieben Zauberer lachten: «Du wirst es merken, es tut nichts zur Sache. Wir vermuten, daß du die Löffel der Weisheit klauen willst?»

Orcan war über so viel Verständnis fassungslos: «Ihr nehmt mir das nicht übel? Ihr sagt das so easy und locker.»

Er rutschte wieder in den Slang der jungen Jahre, die Zauberer schien's zu freuen, denn sie grinsten pausenlos.

«Erhole dich ein wenig, junger Freund, dann werden wir dir unsere Insel und natürlich auch die Löffel zeigen, du magst dann immer noch entscheiden, ob du sie wirklich haben willst.»

«Klar muß ich sie haben, ich hab doch keine Lust, ewig den Monkey zu machen.» (Wieder dieser Slang.)

Der dritte Zauberer von rechts, bei einem Kreis nahm Orcan stets sein linkes Auge als Maßstab, also der mit den grünen Stiefeln aus Echsenleder, sprach es aus: «Du bist einen weiten Weg geritten, sicher wirst du hungrig und durstig sein.»

Orcan, dem dies nur allzu bewußt wurde, schlug sich mit der flachen Hand auf den allzu leeren Heldenbauch und grunzte: «Ich könnte eine ganze Herde Arschehopterixe vertilgen und den Metkeller eines mittleren Königshauses leersaufen.»

Den Wunsch konnten sie ihm leicht erfüllen: Der vierte Zauberer, der mit den Kalbsledersandalen in Dunkelbraun, klatschte zweimal in die Hände, und vor Orcans Augen öffnete ein Gewölbe seine Pforten, in dem an die zehntausend Flaschenkörbe standen und vierzig Arschehopterixe umhersprangen.

Er stöhnte: «Das ist zuviel.»

Der Zauberer klatschte abermals, und das Gewölbe verschwand. Jetzt sagte der sechste Zauberer, der mit den gelben Halbschuhen aus Zitrusblättern: «Wie wär's, wenn du an unserer Mittagstafel teilnähmst?»

«Oh, ich glaube, das genügt.» Orcan ging kein Risiko mehr ein. Leicht benommen folgte er den Männern über eine scheinbar hölzerne Treppe in das Innere ihrer Baumburg.

14. Episode

Die Löffel der Weisheit

Die Tafelrunde wurde nur durch den Laut eines knurrenden Magens (Orcans) gestört, ansonsten kamen die Speisen wie durch Zauberhand auf die dicke Eichenplatte. Messer und Löffel lagen neben den Gedecken. Sie waren Kaninchenohren nachgeformt, aus irisierendem Material. Orcan fragte: «Sind sie das?»

Ein siebenfaches Nicken bestätigte seine Annahme.

Orcan hinterfragte: «Wenn ich mit diesen Löffeln aus diesen Tellern diese Suppe esse, werde ich dann klüger?»

Ein sechsfaches «Hmmmm» war die Antwort und der Satz des Zauberers mit den Walkreppschuhen aus Robbenoberleder: «Probieren geht über fragen.»

Orcan löffelte.

Die Männer sahen ihm interessiert zu, aßen nur wenig.

Dann sprach der Hüne, den Löffel in der Linken, die Augen rechts: «Ich spüre nichts.»

Der Zauberer mit der gepunkteten Unterhose – woher wußte Orcan das plötzlich – antwortete: «Wirkung erzielt.»

Darauf Orcan: «Wie meint ihr das? Ich bin keineswegs gesättigt.»

Der Zauberer mit der schwarzen Unterhose – woher wußte Orcan das? «Erkenntnis!»

Orcan schlagfertig: «Wo bleibt was Handfestes?»

Der Zauberer mit der braunen Unterhose – Orcan wußte es –: «Folgerichtigkeit!» Der Tisch drehte sich um die eigene Achse, und vor jedem der acht Speisenden lag eine Schale mit Hirschgekröse.

«Das Zeug soll der Geier holen», entfuhr es dem Cholerianer, und er griff nach seinem Messer.

«Geschmack», meinte der Zauberer mit der grauen Unterhose und grunzte gefällig.

Der Tisch rotierte nochmals, und es standen Rehrippchen vor Orcan, an denen er sich gütlich tat. Sie sahen ihm alle schweigend zu. Danach präsentierte der Tisch einen Maisbrei, der wiederum gelöffelt wurde. Nach diesem letzten Gang gab's ein großes Händeklatschen, und die Tischplatte nahm jungfräulichen Charakter an.

Das Klatschen der Magier bewirkte dreierlei: erstens wurde der Raum in rotes Licht getaucht, zweitens rief Orcan: «Wo sind die Löffel?» und drittens tanzte eine halbe Hundertschaft nackter Frauen um die Männer. Orcan focht es nicht an, er brüllte: «Wo sind die Löffel?» Worauf der Zauberer (der ohne Unterhose) feststellte: «Rückfall!»

Sie klatschten allesamt, Orcan ausgenommen, wiederum in die Hände, und eine Kriegerschar erschien auf der Bildfläche.

Orcan sah eine Weile dem Hauen und Stechen mit professioneller Neugier zu und schrie: «Wo sind die Löffel?»

Händeklatschen.

Erlesene Gesänge ertönten, bunte Bilder verwirrten Orcans Hirn, er kreischte: «Wo sind die Löffel?»

«Hoffnungslos», brummte der Magier mit den gelben Unterhosen.

«Ein gutes Zeichen», korrigierte der mit den silbernen.

Orcan wischte sich einen Rest Fettes vom Mund und forderte nachdrücklich: «Ich brauch sie, hier und jetzt in diesem eurem Burggebilde.»

«Er meint immer noch die Löffel», sagte der Magier mit den ockerfarbenen Unaussprechlichen.

Wieder ein Händeklatschen, und es erschienen Tänzerinnen mit Tiermasken. Orcan ärgerte sich, die Fähigkeit, unter Kleider zu schauen, so überraschend sie gekommen war, auch wieder verloren zu haben. Er rief: «Was soll der verdammte Mummenschanz?»

Da wurde alles ruhig, die Bilder verschwanden, und ganz real schienen jetzt sieben Löffel vor ihm zu liegen.

«Es war alles nur ein Spiel», grinste Zauberer A.

«Es ist alles nur ein Spiel», ergänzte Zauberer B.

Orcan raffte die Suppenutensilien zusammen. Sie glitten ihm wieder aus den Händen, er fluchte.

«Es ist nicht alles Gold, was glänzt», meinte Zauberer C.

Endlich schien Orcan die Löffel fest im Griff zu haben, er schielte nach dem Ausgang.

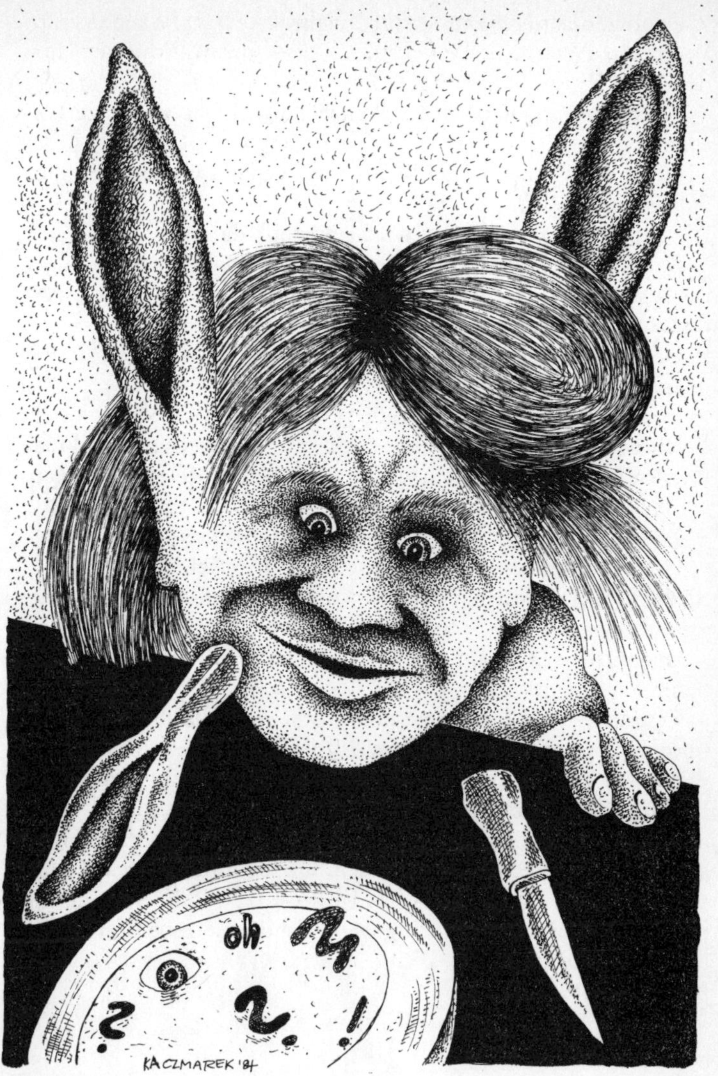
oh
KACZMAREK '84

Zauberer D: «Niemand hat die Wahrheit. Wir alle suchen sie.»

Orcan: «Was heißt Wahrheit, ich halte die Wahrheit in Händen.»

Zauberer E: «Die höchste Wahrheit ist, nicht weise stets zu sein.»

Orcan: «Es braucht viel Wein, aber wenig Weisheit, um mich zufriedenzustellen.»

Zauberer F: «Umgekehrt wird ein Schuh daraus.»

Zauberer G: «Die Weisheit ist nur in der Wahrheit.»

Zauberer A: «Der Klügere gibt nach.»

Zauberer F: «Das Leben ist ein hohler Wahn.»

Orcan: «Sprüche, nichts als Sprüche, irgendwie sagen sie mir alles und nichts.»

Er verharrte erstaunt, schleuderte dann die Löffel weit von sich. Erschrecken erfaßte seine breiten Züge: «Ich fange ja an und rede wie ihr. Rede so, ohne mich weiser zu fühlen. Teufelszeug, Hexenspuk, ich will davon nichts wissen.»

Zauberer A: «Das ist der Weisheit letzter Schluß.»

Orcan: «Wenn es weise ist, in seltsamen Sprüchen zu sprechen, bleibe ich lieber, wie ich bin. Das könnt ihr euch hinter die Löffel schreiben.»

Siebenfaches Nicken, duldsames Lächeln, zwinkerndes Verstehen.

Zauberer C: «Die Zeit ist noch nicht reif. Nimm als Zeichen unserer Sympathie diesen kleinen, goldenen Löffel, den wir zum Rühren in dem Thee, einem hochgeistigen Getränk, verwenden. Er dürfte für deine Ansprüche voll und ganz genügen.»

Der Cholerianer bedankte sich und spurtete von dannen. Es war ein wenig viel für ihn gewesen, und ein ordentlicher Kampf war allemal spannender als das weiseste Gewäsch. Alles in ihm lechzte geradezu nach einem großen, schönen Streit. Und den zu finden war leicht.

Es ist nicht alles Gold . . .

. . . was glänzt, phrasiert der große Zauberer. Wie manches goldwert ist und gar nicht glänzt, paraphrasieren wir weiter, um unseren Helden noch mehr zu bezaubern.

Ihnen, verehrter Leser, sei verraten, daß es weder Ihrer Phantasie noch Fantasy bedarf, um die Weisheit des großen Orakels von Kalau zu nutzen; nur eines Stücks Papier – aber das richtige muß es sein!

15. Episode
Die große Schlacht

Das Schicksal meinte es gut mit Orcan. Nachdem er seine Schätze um den kleinen Löffel erweitert hatte und einige Stunden lang geritten war, sah er in der Ferne Feuer und Rauch, bald darauf hörte er den Lärm, den größere Schlachten zu machen pflegen. Freudig näherte er sich dem Ort des Geschehens.

Beim Klang der Hörner, dem Schwirren der Pfeile, dem Rasseln der Säbel, dem Klingen der Schwerter, dem Zischen der Dödel durchdrang ihn ein gewaltiger Adrenalinstoß, und endlich fühlte er sich wieder ganz «Held».

Er ließ sein Packpferd und das Reittier einfach stehen und galoppierte den Kämpfern zu Fuß entgegen. Ungefähr tausend Mann hauten und stachen vor den Toren einer kleinen Stadt, deren Namen er nicht kannte, mit Lust aufeinander ein. Die fast gleich großen Heere wurden von zwei Männern angeführt, die Orcan in Figur und Kampfgeschrei nicht nachstanden. Irgendwie kamen sie ihm vertraut vor. Orcan schlug eine Bresche durch die Mauer der Krieger, wieder mal Dödel und Sakul gleichzeitig benutzend. Endlich erreichte er einen buntgewandeten Hauptmann, der von sechs Feinden bedrängt wurde. Orcan machte fünf nieder, einen schaffte der Hauptmann selbst, und fragte diesen: «Um was geht es hier eigentlich?» Der Kämpe schnaufte erleichtert und wollte ein paar Worte des Dankes und der Anerkennung sagen, Orcan unterbrach: «Wie heißt dein Herr?»

«Ich kämpfe für Kules vom Llats, ich bin Samot von Bäuchen, Chef der Heeresgruppe Nordwest.»

«Seltsamer Name . . . so, für den berühmten Herrn Kules führst du deine Klinge, und wer sind eure Gegner?»

Bevor der kräftige Heeresgruppenchef antworten konnte, drangen eine Handvoll wild schreiender Feinde auf sie ein. Der

Kampf war kurz und uninteressant, denn auch Samot verstand sein Handwerk. Orcan hatte gesehen, daß dieser zwar etliche Treffer eingesteckt hatte, dennoch aber gänzlich unverletzt geblieben war. Das allerdings interessierte ihn.

«Nun», erklärte Samot lachend, «ich bin nicht so dick, wie ich aussehe. Vor jeder Schlacht lege ich nämlich einige mit Sand gefüllte Wasserschläuche um meinen Wanst, das ist besser als ein Kettenhemd und hat mich so manches Mal gerettet. Übrigens nennt man mich dieserhalb auch von Bäuchen, obwohl es von Schläuchen heißen sollte, na ja, der Volksmund, du weißt . . .»

«Für oder gegen was kämpft ihr eigentlich?» wiederholte der Cholerianer seine Frage.

«Wir kämpfen um die güldene Leinwand, denn wer die besitzt, ist der Held des Jahres. Im Moment besitzt sie Herr Kules, aber der Kampf ist noch nicht entschieden, und die Gegenseite hat neben Prinz Herzschmerz von Solingen den stärksten Mann der Reiche Choleria und Frasien aufgeboten.»

«Wer ist denn das?» Orcan war neugierig geworden.

Ein Pfeil durchbohrte Samot von Bäuchen, und Orcan befürchtete, keine Antwort mehr zu kriegen, er wandte sich ab.

«Moment», rief Samot und zog sich lachend den Pfeil aus dem Sandbauch, «Moment, ich bin noch heil. Es ist der große Nanoc, der Bruder des mächtigen Siegfritz.»

«Was, der Enkel von König Schorf . . . das ist ein wahrlich dicker Plaster.»

«Hier, nimm einen ordentlichen Schluck Muff, das hilft immer bei Schreck und Schorf.»

Orcan leerte den Bocksbeutel in einem Zug.

«Dann ist klar, daß ich auf eurer Seite stehe», postulierte er. Die ölig-schwarzen Haare klatschten gegen seine Schultern, und er stürzte zurück ins Getümmel.

Viele Dödelhiebe trafen ihn, die meisten glücklicherweise nur seinen Schädel, bevor er sich zur HKL durchgeschlagen hatte. Nur durch wenige Kämpfer getrennt, sah er Kules, Herzschmerz und Nanoc vor sich. Kules hatte die Leinwand um den Bauch gebunden und schrie ohne Unterlaß: «Her mit euch, ihr räudigen Ratten, her mit euch, ihr zitternden Zocks!»

Herzschmerz und Nanoc gaben ihr Bestes, den Leiberwald zu lichten, und allen dreien war es augenscheinlich egal, ob sie Freund oder Feind niederstreckten. Der Kampf der Giganten hatte Vorrang.

Orcan fand schneller als früher die Lösung, er pumpte seine Lungen voll Luft und schrie, das Schlachtgetöse mühelos überstimmend: «Aaaaaaaoooooooeeeeeeiiii!»

Schlagartig trat Ruhe ein. Der Cholerianer räusperte sich: «Was soll der Unsinn, daß sich hier tausend ... na, vielleicht noch zweihundert Männer um eine Sache schlagen, bei der nur vier Männer die Chance haben, sie in ihren Besitz zu bringen?»

Zustimmendes Gemurmel beim Fußvolk.

«Wer bist du, daß du es wagst, solches zu fordern?»

«Ich bin Orcan und will Nanocs Blut!»

«Große Worte für so einen Wald- und Wiesenheroen», lachte der Angesprochene, «aber mir soll es recht sein, wenn der Kampf unter uns vieren zu Ende gebracht wird.»

Auch Herr Kules und Prinz Herzschmerz willigten ein.

«Dem Sieger gehört alles», bestimmte Kules und stellte sich vor Herzschmerz in Position. Orcan baute sich gegenüber Nanoc auf. Erstaunt stellten die beiden fest, daß sie gleichartig bewaffnet waren; selten nur kämpfte ein Mann mit Dödel und Schwert gleichzeitig. Kules und der Prinz hatten ihren Zweikampf bereits begonnen. Ein ungleicher Kampf, denn der Prinz focht mit einem kaum mehr als dolchgroßen Schwert, während Kules einen mächtigen Eichenbaum über seinem Haupt kreisen ließ. Doch der Prinz war wendiger und geschickter. Er brachte dem Gegner etliche schwere Fleischwunden bei, ehe dieser dazu kam, das Holz einzusetzen. Ein mächtiger Schlag in der zwölften Minute machte dann aber doch dem Kampf ein Ende, und Herzschmerz versank ungespitzt und mausetot im lockeren Geröllboden.

Ein Schlag, so laut, daß die Götter auf ihrem nahe gelegenen Sitz erwachten und sich unwirsch die Augen rieben.

Nadow, der Chefgott, sandte seinen geflügelten Boten, um nach der Ursache zu forschen. Und der erstattete ihm nur Augenblicke später Bericht: «Kules, Orcan und Nanoc stehen sich im Kampf gegenüber, ich fürchte, um eure Mittagsruhe ist's geschehen.»

«Es sind doch immer wieder dieselben Namen, die einem Kopfschmerzen bereiten», grollte der Göttervater. Er war ein Gott schneller Entschlüsse und logischer Gedanken.

‹Wenn ich die drei hier in der Nähe kämpfen lasse, wird's tagelang keine Ruhe geben. Mische ich mich ein und kürze den Kampf ab, verliere ich eine Menge FANs (Feurige Anbeter Nadows). Ich werde also die Mächte des Schicksals spielen lassen.›

«Höre, Götterbote, gehe zu meiner Gemahlin und lasse dir eine Windhose aus der Kleiderkammer geben, aber die größte bitte. Ich werde die Burschen in alle Himmelsrichtungen wegblasen lassen.»

Kurze Zeit später, Orcan und Nanoc hatten bereits die ersten vorsichtigen Schläge ausgetauscht, verdunkelte sich der Himmel. Ein Sturm nicht gekannten Ausmaßes fegte durch die Männer und trug sie mit sich. Nanoc nach links und Orcan nach halb rechts, mehr war bei den Lichtverhältnissen nicht auszumachen. Kules und die anderen Krieger flogen nur ein paar Dutzend Fuß weit, dann wurde es still, nur Orcan brauste, seinem Namen alle Ehre machend, stundenlang durch die Gegend. Und irgendwann verlor er das Bewußtsein.

16. Episode
Das verwunschene Schloß

Orcan erwachte auf einer blühenden Wiese. Butterblumen kitzelten seine Nüstern, und er sah verwundert an sich herunter: nackt und unbewaffnet, ohne Gold, Löffel und Pferde. Er kam sich vor wie ein neugeborenes Kind. Vögel sangen, ein Bach plätscherte, und alles wirkte so friedlich und unwirklich, daß Orcan fast das kleine Wasserschloß übersehen hätte, das – völlig von Efeu und Rosenranken überwuchert – etwas abseits lag.

Er ging darauf los, halber Mann, der er ohne Waffen war. Die Zugbrücke hing schief in den Halterungen, die Fallgitter waren nur Rost. Ein verblichenes Schild am Tor konnte er kaum entziffern: Fremder, wagst du die ewige Ruhe zu stören, wird man es dir so oder so vergelten. Fremder, sei auf der Hut, denn hier verläßt du das Reich der Wirklichkeit und betrittst die unendliche Dimension. Ende.

«Fasel, blödes Gefasel, und was, um Nadows Bart, heißt Dimension«, knurrte der Cholerianer und schlug das Rostgitter aus den Fugen. Der Schloßhof war mit Gras bewachsen, hierhin hatte offensichtlich seit langem kein Mensch mehr seinen Fuß gesetzt. Kopfschüttelnd trat Orcan an das hölzerne Hauptportal. Wieder ein Schild, diesmal mit der Inschrift:

Wir haben dich gewarnt
Jetzt gibt es kein Vor und kein Zurück
keinen Anfang und kein Ende
kein Vorher und kein Nachher
kein Gestern und kein Morgen
es sei denn
du nimmst den Fluch
von Trella, der Krämersfrau.

So ein Unsinn, dachte Orcan, in ein Schloß gehört eine hübsche Prinzessin, die man wach küssen muß. So hatte es jedenfalls Hans der Seher in seiner wöchentlichen Märchenstunde dem Knaben Orcan erzählt.

Orcan öffnete die Tür, überall hingen dicke Spinnweben von der Decke, Tautropfen glänzten im fahlen Licht, und Sphärenmusik unbekannten Urprungs erfüllte den Raum. Über eine Freitreppe schritt Orcan direkt auf die Schlafgemächer zu. Bereits im ersten hatte er Glück. In einem riesigen Bett unter samtenem Baldachin schnarchte die verwunschene Krämersfrau. Sie war klein und dick, ihr Gesicht hatte eine grünliche Färbung, und die geschlossenen Augen waren froschähnlich gewölbt.

‹Grünspan oder ein Krötenwesen›, schoß es Orcan hinter der gezwirnten Stirn durch die groben Zellen, ‹und so was soll ich wach küssen, die quakt ja, wenn sie wach wird. Sei's drum, Legenden müssen wahr gemacht werden.›

Wer, außer Orcan, hätte wohl den Mut aufgebracht, das unansehnliche Kind zu küssen?

Nackt, wie er nun mal war, schmatzte er ihr einen dicken, langen Kuß auf die violetten Lippen. Eine Tat wahrhaften Mannesmutes. Die Frau erwachte. Und wenn Orcan bis dahin noch geglaubt hatte, die Kröte würde sich in eine Prinzessin verwandeln, so sah er sich jetzt endgültig getäuscht. Die Grüne öffnete ihre hervorquellenden Augen und starrte entsetzt auf Orcans nackte Männlichkeit. Ein unbeschreiblicher Ton entrang sich ihrer Kehle, für Orcan klang's wie ‹Quakquak›, dann begann sie zu schreien. Der Cholerianer preßte die Hände an die Ohren, so ähnlich mußte sein Kampfschrei klingen – und wartete, bis sie sich wieder einigermaßen beruhigt hatte.

Das Wesen richtete sich in den Plüschkissen auf, beguckte Orcan nochmals und stellte trocken fest: «Schwanz ab!»

«Was sagt Ihr?»

«Ich sagte ‹Schwanz ab!›, du männliches Chauvinistenschwein, kommst hierher, belästigst eine Dame im Schlaf, und dazu bist du elender Machowurm noch splitternackt. Verschwinde, oder ich schreie um Hilfe.»

«Es ist keiner da, der dir helfen könnte, doch seid ohne Furcht, ich werde Euch nicht zu nahe treten.»

«Aha, ich bin dir wohl nicht gut genug, du überhebliches, männliches . . .»

«Halt, halt, ich verstehe eure Sprache nur sehr ungenügend und weiß weder, was ein Machowurm noch ein Chauvinistenschwein ist, Tiere dieser Art gibt es in meinem Land nicht.»

«Ha, diese Tiere gibt es in jedem Land, zu jeder Zeit, ich glaube dir kein Wort.»

«Du hast sehr, sehr lange geschlafen, es dürfte sich viel verändert haben in den letzten Jahrtausenden.»

«So lange soll ich geschlafen haben?» sie blickte im Raum umher.

«Hm, eine ganze Weile wird es wohl gewesen sein. Dann haben sich die Zeiten wohl geändert . . . und ihr lauft alle ohne Kleidung durch die Gegend?»

Orcan wollte eine Erklärung abgeben, er kam nicht dazu, denn die Holde forderte: «Ja, wenn sich alles so geändert hat, warum mölchst du mich dann nicht?»

«Molchst???»

«Molchst, olmst, krötelst, fröschelst du mich nicht?»

«Ich verstehe dich nicht.»

«Oh, Mann, bist du schwer von Begriff, warum tust du nicht, was Mann und Frau so miteinander tun, wenn sie alleine sind?»

Wütend sprang sie in ihrem Bett auf, was das viele hundert Jahre alte Ding nicht aushielt, es brach unter ihr zusammen, und der Baldachin erstickte ihre Hilfeschreie. Völlig unkavaliersmäßig gab Orcan Fersengeld und schloß sorgfältig die Tür hinter sich.

In einem angrenzenden Raum fand er einige alte Kleidungsstücke, die einigermaßen paßten, und schlagartig wurde ihm bewußt, daß er den Fluch vom Schloß genommen und es wieder zum Leben erweckt hatte. Die ersten Geräusche drangen an seine Blumenkohlohren. Da erkannte er, daß es für ihn nun wieder ein Vor oder Zurück, ein Gestern und ein Morgen – und alles andere ebenfalls gab.

So sprang er hastig aus dem Fenster in den Wassergraben, schwamm ans Ufer und entfernte sich unauffällig. Dieses unliebsame Zwischenspiel paßte gar nicht in seine Vorstellung von Geschmack und Abenteuer; er würde es vergessen.

17. Episode
Die Priester vom Reich Ranzik

Der Weg nach Ranzik war lang und eintönig. Der Himmel erstreckte sich in unendliche Weite, blau und wolkenlos und des Nachts wie mit schwarzem Samt überzogen.

Meilenfressenden Schrittes zog er durchs Land und erreichte endlich die Grenzen von Ranzik, dem Reich der Priester und Schamanen.

Ranzik war ein kleines, aber mächtiges Land zwischen den Reichen Nessurien und Erewhon. Orcan wußte nur, daß hier eine Oligarchie von vielleicht zwanzig Priestern über gerade hundertmal so viele Pfoietongs herrschten. (Pfoietongs nennen sich die Bürger von Ranzik, weil bei den Opferungshandlungen der Priester das Schlachtbeil mit Pfoi-e-tong durch die Luft zischte.) Ranzik bestand nur aus einer Stadt und wenigen kleinen Burgen, die durch gesicherte Pfade miteinander verbunden waren. Trotz alledem hatten weder die Nessuren noch die Nachbarn im Osten je versucht, mit ihren Truppen durch Ranzik zu marschieren, geschweige denn, es anzugreifen. Zuviel Angst hatte man allerorten vor der Macht der Priester. Und auch in dieser Oligarchie gab es einen, der mächtiger war als die anderen. Seine Macht stützte sich auf die Vielzahl der Opferungen für den Gott Rutaretil.

Bei Orcans Ankunft in Ranzik war dieser Mächtigste der alte Matzel, aber unter den Pfoietongs wurde bereits gemunkelt, daß seine Zeit abgelaufen sei.

Orcan wurde von den samt und sonders bläßlich und blutleer wirkenden Bewohnern freundlich und doch distanziert begrüßt. Man hatte vom großen Kämpfer gehört, ihn aber in einer Zeit, die von Helden wimmelte, für nichts Besonderes gehalten. Orcan ärgerte das überhaupt nicht, obwohl er wußte, daß diese Burschen eine Menge für seinen Nachruhm tun könnten. Waren die Priester doch die Geschichtsschreiber jener Zeit. Im Augenblick würden sich ihre Griffel wohl unter den Lobeshymnen für Kules, den Verteidiger der güldenen Leinwand, biegen. All das scherte Orcan nicht, er war einzig neugierig auf die Riten, mit denen man Rutaretil huldigte.

Ein kleiner Pfoietong namens Zottfried Zottel lud Orcan, der gemächlich zwischen den Häuschen der Marktstraße flanierte, zum Muff in sein bescheidenes Heim.

Dankend nahm der Hüne an, nur so konnte er schließlich erfahren, wann die nächste SHOW (StandardHerdOpferungWeiber) oder das SOMIT (SchlachtOpferMännerInklusiveTransis) über den Altar gehen würde.

Zottel bot Orcan einen Platz am Kamin an und reichte ihm ein winziges Becherlein Muff. Schneller, als Zottel schauen konnte, hielt ihm Orcan das geleerte Gefäß wieder unter die große Nase.

«Tja», meinte er, «da hast du großes Glück, morgen werden sogar beide Veranstaltungen stattfinden. Der ehrwürdige Matzel wird seine frühere Geliebe Aleta im Herd rösten, und bereits am frühen Morgen wird Zadar zwei junge Männer und einen alten Mann vierteilen und dann in kleine Würfel hacken.»

«Klingt recht vielversprechend, ich werde über Nacht hierbleiben.»

«Aber nicht in meinem Haus, es war schon riskant genug, dich hereinzubitten, und ich habe das auch nur getan, weil ich gehört habe, daß du den kleinen Löffel der Weisheit besitzt.»

«Pech gehabt, den Löffel verlor ich wie alles andere bei der Schlacht mit Kules und Nanoc.»

«Verflucht, dann bist du nutzlos für mich, scher dich raus.»

Der Schleimer ließ die Maske verdammt schnell fallen, doch Orcan war die Ruhe selbst – ausnahmsweise.

«Ich bleibe», wiederholte er, packte den laut protestierenden Zottel am Genick und hängte ihn an den Türrahmen. Aus eigener Kraft würde er sich von dort kaum befreien können, stellte Orcan befriedigt fest und schlief trotz der winselnden Gesänge bis zum nächsten Morgen durch.

Als er das Haus verließ, befreite er den unermüdlich weiterjammernden Zottel und vergaß nicht, ein kleines Krummschwert aus dessen reichhaltiger Sammlung mitzunehmen. «Ich kann das besser brauchen», rief er über die Schulter zurück.

Der Opferplatz C (die Opferplätze waren von A bis T durchnumeriert, für jeden Priester gab es einen) war schwarz vor Menschen, als Orcan dort ankam. Der Cholerianer verschaffte sich rüde Platz, hier mußte er in vorderster Reihe stehen. Drei Männer lagen gefesselt auf dem großen Marmoraltar und stöhnten wollüstig, während Zadar sie umtanzte und unverständliche Laute ausstieß. Orcans Haar wurde rötlich, er fragte seinen Nachbarn: «Mir scheint, sie freuen sich auf den Tod!»

Ein verständnisloser Blick begegnete ihm: «Natürlich, das ist doch eine große Ehre. Jeder von uns würde gerne mit ihnen tauschen.»

‹Die spinnen, die Pfoietongs›, dachte Orcan, behielt es aber für sich. Ein paar Hundert dieser augenscheinlich magenkranken Gestalten würden wahrscheinlich sogar ihn schaffen, und auf einen Versuch wollte er es, zumindest vorläufig, nicht ankommen lassen.

Zadar verstummte und griff nach einem Schlachtbeil. Das Gemetzel war so ekelhaft, daß selbst Orcan sich abwandte. Er konnte nicht verstehen, wie wehrlose Menschen so niedergemacht wurden und alle Beteiligten inklusive der Opfer auch noch Spaß dabei zu empfinden schienen.

Nur wenige Minuten später ließ er sich mit der aufgegeilten Menge zum Opferplatz A treiben. Eigentlich hatte er genug, aber die Pfoietongs hatten ihn eingekeilt, und er verspürte eine gewaltige innere Leere, so daß ihm der Antrieb fehlte, sich abzusetzen.

Seine Stimmung änderte sich erst, als er den fetten, abgrundtief häßlichen Matzel sah, der um einen Traum von Weib hopste.

Das Mädchen war so blond und schön, daß ihre Befreiung für Orcan eine beschlossene Sache war, bevor Matzel auch nur den ersten Ton gesungen hatte. Das Mädchen war noch nicht an den Opferherd geschnallt, und Orcan sann fieberhaft nach einer List.

Sie fiel ihm ein, als es fast zu spät war. «Feuer, Feuer, die Stadt brennt», rief er mit allem, was seine Lungen hergaben. Der Ruf setzte sich fort, und beinahe hätte Orcan in dem folgenden Durcheinander seinen Plan vergessen und wäre mitgerannt.

So aber griff er sich im größten Tumult die schöne Maid, warf sie über seine Schulter und gelangte unangefochten an den Stadtrand. Das schöne Kind hatte sich zwar heftig gewehrt und ihren Retter aufs übelste beschimpft, aber Orcan hatte es kaum gehört, zu sehr hatte ihn der Gedanke an ihre Schönheit fasziniert. In einer menschenleeren Gasse setzte er sie ab. Sie quengelte sofort los: «Du Untier, du Barbar, du hast mir die SHOW gestohlen, was sollen jetzt . . .»

«Schweig!» herrschte sie der Cholerianer an. «Beschweren kannst du dich später, jetzt brauchen wir erst mal Reittiere, um uns von dieser irren Stadt zu entfernen.»

Es war einfach, denn das Volk drängte sich noch um den Opferplatz und suchte das Feuer, und so brauchte Orcan nur einen Stall aufzubrechen und das Gewünschte ins Freie zu ziehen. Er band Aleta am Sattel fest und galoppierte einer vermeintlich wunderschönen Zukunft entgegen.

18. Episode
Eine Liebe in Ranzik

Orcans Glück hielt an: Er fand eine unbesetzte kleine Festung am Wegesrand, wo er sich und die permanent zeternde Aleta erst einmal verstecken konnte. Diese kleine Burg, von denen es Dutzende in Ranzik gab, hatte einst einem angehenden Priester und seiner Söldnerclique als Behausung gedient; inzwischen hatte der Mann seine eigene Opferstätte, und ein Nachfolger war noch nicht gefunden worden. Orcan führte das Pferd in den Stall und die quengelnde Aleta ins Hauptgebäude. Sanft schubste er sie in einen ledernen Lehnstuhl, sie keifte weiter.

«Du weißt nicht, was du mir angetan hast, dummer Barbar, ich wäre unsterblich geworden. Ich wäre eingegangen in den Sitz der Götter . . .»

«Eingegangen wärst du nach der Rösterei bestimmt, und was soll das Gerede von der Unsterblichkeit. Tot ist tot.»

«Dummkopf, hast du nie was von Nachruhm, Nachwelt gehört, und außerdem ist der, der in den Sitz der Götter eingeht, viel lebendiger als jeder Erdenmensch.»

«Ich verstehe nicht, du lebst doch hier und heute in diesem deinem Lande und könntest, so wie du aussiehst, eine Menge Freude haben.»

Er betrachtete sie genüßlich.

«Meine einzige Freude war Gereimtes.»

«Gereimtes? Ich habe gerade gelernt, daß man geolmt, gefröschelt, gemolcht werden kann, aber gereimt? Was ist das für eine Art Zweisamkeit?»

«Ach was, Reimen ist, Gedanken in Verse zu bringen.»

«Was sollen meine Gedanken in den Füßen? Dein Geliebter muß eine seltsame Art gehabt haben.»

«Du verstehst schon wieder nicht. Ich gebe dir ein Beispiel, eines meiner berühmten Gedichte, paß auf:

Götterdämmerung
Ich liege, der ersten Sonnenstrahlen harrend, im Bette
Neben mir schlafend, röchelt und stöhnt der Fette
Ich weiß nicht, was soll es bedeuten, daß ich so traurig bin
Ein Hüne aus uralten Zeiten geht mir nicht aus dem Sinn
Ich liebte den Griff seiner Hände, ich liebte den Klang
seiner Stimme
Heute sehe ich nur Wände, ich bin eine gefangene Imme
Die Götter sind allesamt Spötter, ich . . .»

«Genug, genug», Orcan stand der Schweiß auf der Stirn, «und mit solchen Sachen hast du dir die Zeit vertrieben? Das ist ja fürchterlich, so spricht und denkt doch keiner.»

«Hohlkopf, was weißt du von den inneren Gefühlen einer Frau?»

«Nicht viel, aber ich weiß eine Menge von meinen, und die sagen mir, daß ich der Hüne aus uralten Zeiten sein könnte.»

Er konnte sich nun wirklich nicht länger beherrschen, riß sich die Kleider vom Leib und stürzte sich auf Aleta. Sie wehrte sich heftig gegen die Vergewaltigung und rief sämtliche Götter an. Es nützte ihr wenig. Orcan brachte zu Ende, was er angefangen hatte. Ihr waren zwischendurch einige Male die Sinne geschwunden, jetzt lagen beide schwer atmend nebeneinander.

Aleta blickte ihn seltsam an, er fühlte sich nicht ganz wohl hinter seiner gezwirnten Stirn, schließlich hatte er mit solchen Sachen noch recht wenig Erfahrung, aber daß es höchst unfein war, so zu handeln, war ihm bewußt. Eine Frau gegen ihren Willen zu nehmen war ein Verbrechen, auf dem in vielen Ländern die Todesstrafe stand.

«Was war denn das?» fragte Aleta ungläubig.

Orcan glaubte seinen Ohren nicht zu trauen: «Sag bloß, du hättest es noch nie gemacht?»

«Nein», sie schüttelte heftig den Kopf.

«Aber du warst doch die Geliebte eines Priesters, sagte man mir.»

«Schon, aber Priester lieben wohl anders, mehr geistig, verstehst du. Und um ihnen Vergnügen zu bereiten, mußte ich stets die Hand nehmen.»

«Nicht die Ferse?»

«Sie sagten, die Hände einer Frau seien heilig.»

«Ich habe mich schon über deine kräftigen Arme gewundert, nun weiß ich, daß man dir einiges vorenthalten hat.»

Sie zögerte, dann sagte sie: «Kannst du das noch mal machen, ich möchte ein Gedicht darüber schreiben.»

Dieser Aufforderung kam er nur zu gerne nach.

Tage vergingen, ohne daß die beiden aßen oder tranken, und noch Jahre später wurde in Ranzik erzählt, daß es eine potentere Liebe nie gegeben habe.

In den kurzen Pausen zwischen den Lektionen schrieb Aleta Gedichte mit Kreide an die Wände, und der pflichtbewußte Orcan vergaß nicht, das Pferd zu versorgen.

Später sollte die Liebesburg ein bekannter Wallfahrtsort und viel später ein Museum werden. So war das mit solchen Dingen schon immer.

Das Ende kam so abrupt, wie der Anfang gewesen war. Orcan und Aleta unterhielten sich gerade über Götter und Welten, als sie ein heftiges Geschrei aus den Betten jagte. Vor dem Burgfenster standen zwei Männer und beschwerten sich darüber, daß ihre neue Unterkunft offenbar schon besetzt war. Es waren die Nachfolger des Nachwuchspriesters, der hier einst gehaust hatte. Orcan hörte noch, wie sie beschlossen, wieder in die Stadt zurückzugehen, um sich beim Priesterrat zu beschweren.

Ihm war klar, daß er nicht länger bleiben konnte.

«Geliebte», sagte er sanft, «ich muß Fersengeld geben, unser Traum ist hier zu Ende.»

«Macht nichts», antwortete Aleta, «ich habe genug Stoff für die nächsten Jahre.»

«Du willst dich also nicht mehr opfern lassen?»

«Rutaretil bewahre! Ich werde ins Ausland gehen und weiterarbeiten.»

«Fein, dann können wir ja gemeinsam bis zur Grenze reiten.»

Und so geschah es.

19. Episode
Die Götterforscher

Hinter Erewhons Grenze trennte sich Orcan von Aleta. Er winkte ihr lange nach, etwas Sentimentales lag in seinen Augen. Dann trieb er sein Pferd zur Eile an, obwohl er nicht wußte, wohin er so schnell wollte. Das Schicksal oder die Götter nahmen ihm, wie so oft, eine Entscheidung ab, denn wie er so über eine Grasnarbe in der düsteren Geröllandschaft ritt, senkte sich der Boden, und Roß und Reiter wurden von der Erde verschlungen. Die Erde hustete leicht und schloß sich wieder.

Orcan orientierte sich im Halbdunkel: «Scheint eine Tropfsteinhöhle ungeheuren Ausmaßes zu sein», erklärte er dem Pferd.

«Stimmt», antwortete eine Stimme aus dem Halbdunkel und hustete abermals, «ihr habt eine Menge Schmodder mit heruntergebracht, seid wohl fremd in der Gegend?»

«Völlig», beschied Orcan, «und was treibt ihr hier unten?»

«Wir treiben Forschungen, du wirst schon von uns gehört haben, man nennt uns die Götterforscher.»

«Nie gehört, für was soll das gut sein?»

«Nun», die Stimme klang beinahe mitleidig, «wer den Sinn des Lebens ergründen will, muß die Götter kennen.»

«Oh, nein, nicht das, ich komme gerade aus Ranzik, und da tut man das auch.»

«Mitnichten», die Stimme klang gekränkt, «in Ranzik wird nur hohler Humbug mit einem nichtexistierenden Götzen getrieben. Wir von Erewhon hingegen sind der Wahrheit auf der Spur.»

«Gewiß, gewiß», Orcan klang resignativ.

«Und um dir zu beweisen, daß wir recht haben, werden wir dir für drei Tage unsere Gastfreundschaft anbieten.»

Der Cholerianer erkannte jetzt den Sprecher, einen mittelgroßen Mann in roter Kutte, der gerade von einem weiteren Mann einen Zettel gereicht bekam. Er las, dann stellte er fest: «Aha, du bist also Orcan, der Cholerianer. Wir besitzen etwas, was dein Eigentum ist.»

«Das würde mich wundern.»

«Wir haben deinen Schatz, den kleinen Löffel und ein Pferd, genügt das?»

«Woher habt ihr das alles?»

«Die Götter sandten es.»

«Na, dann vielen Dank.»

«Komm mit in die Haupthöhle», lud ihn die Rotkutte freundlich ein, und Orcan folgte.

Orcan staunte nicht schlecht, als er die Höhle sah. Sie hatte die Ausdehnung einer kleinen Stadt und war vollgestopft mit Pulten, Tischen, Regalen, Büchern, Karten und Geräten, wie er zuvor nie welche gesehen hatte.

«Das ist unser Forschungszentrum, und das», er machte eine weit ausholende Handbewegung, die ein Dutzend Personen beschrieb, «und das sind meine Mitarbeiter.»

Keiner blickte von seiner Tätigkeit auf.

«Die suchen also die Götter», brummte Orcan, «verstehe ich nicht, jeder weiß doch, wo der Sitz der Götter ist.»

Jetzt trat ein arroganter Ausdruck in die Visage des Kuttenträgers: «Natürlich kennen wir den Sitz, er interessiert uns auch nicht, uns interessiert der Willen der Götter, ihre Pläne und die Bedeutung der Welt.»

«Hm, hm», murmelte es in der Höhle.

«Verzeiht, ich bin zu laut gewesen», und leiser fuhr er fort, «kennst du denn deine Bestimmung?»

«Nun ja, essen, trinken, schlafen, kämpfen, lieben.»

«Armer Tor!»

«Gleich setzt es Hiebe, du sprichst mit einem, der aus den Löffeln der Weisheit gegessen hat und sogar einen besitzt.»

«Das kleine, unbedeutende Ding! Aber wir wollen nicht streiten.»

«Das dürfte auch gesünder für euch sein. Doch wenn ihr so neugierig auf die Götter seid, warum geht ihr nicht einfach hin und fragt sie?»

«Keinem kann und konnte es gelingen, den Sitz der Götter zu erklimmen.»

«Ich würde es mir zutrauen.»

«Unmöglich, denn dann wäre dir jede Art der Unsterblichkeit sicher.»

«Ihr glaubt also auch den Unsinn mit den verschiedenen Arten der Unsterblichkeit, ich hörte das oft.»

«Wir wissen, daß die Götter unsterblich sind in Person und Tat, während Futz, der Jäger, der das rauchlose Feuer und die krümellose Maissuppe erfand, unsterblich ist in den Gedanken der Leute, du verstehst den Unterschied?»

«Ich bin ja nicht vom Dödel gespalten oder vom Schemel gefallen!»

«In unseren Annalen steht, daß man dich mal zu heiß gebadet hat.»

«Das gehört nicht hierher, sag aber, ist das alles, was du von den Göttern weißt?»

«Ich weiß noch viel mehr, und jeder von uns hier weiß eine Menge, aber fast jeder zieht andere Schlüsse aus seinem Wissen.»

«Dann sollte ich wirklich die Götter aufsuchen. Dank euch oder ihnen bin ich ja wieder bestens ausgerüstet, und was Besseres habe ich augenblicklich nicht vor.»

«Vergiß nicht, daß es die Götter waren, die dir deine Habe genommen hatten, sie können es jederzeit wieder tun.»

«Unsinn, das war nur so ein nadowverdammter Wirbelsturm.»

«Wie du meinst, wir können dich nicht halten, das kann keiner, außer den Göttern.»

«Das muß sich erst noch herausstellen, ich fürchte mich auch vor Nadow nicht.»

«Große Worte, das Bad ist nicht ohne Folgen geblieben, keiner löckt wider den Stachel der Herren über Leben und Tod.»

«Hans der Seher, mein Erzieher, hat einmal gesagt: ‹Das Leben ist ein großer Schwindel, warum soll im Tod dann irgendeine Wahrheit sein.› Und einen besseren Satz habe ich bis heute nicht gehört.»

«Hans der Seher ist tot», kam es schadenfroh von seinem Gegenüber.

«Das glaube ich nicht, und selbst wenn, was würde es an meinen Plänen ändern? Bringt mir meine Sachen, und ich verschwinde von hier.»

«Du hättest bei uns noch viel lernen können.»

«Ich mag nichts lernen, ich habe große Lust, mich mit den Göttern im Kampf zu messen.»

«Lästerer, Verblendeter, Wahnsinniger! Weiche von uns!»

«Nichts lieber als das, her mit meinen Sachen.»

20. Episode
Die Suche des Orcan

Von den guten Verwünschungen der Forscher begleitet, gelangte Orcan wieder ans Tageslicht.

«Vor das Ziel haben die Götter den Kampf gesetzt», hörte er gerade noch, dann verklangen die Rufe. Er schüttelte seine Löwenmähne und versuchte sich am Himmel zu orientieren.

«Könnte auch ein schöner Spruch sein: Wer zu den Göttern will, muß sich am Himmel orientieren», lachte er völlig aufgeräumt. Dennoch gelang es ihm nicht. Er stieg von seinem Reittier und steckte die Nase in den Erdboden, der glücklicherweise ziemlich weich war. So hatte er es von den Fährtenhunden abgesehen. Es brachte nicht den gewünschten Erfolg. Als er wieder aufsaß, erspähte er in der Ferne eine Gruppe Menschen. Er steuerte geradewegs auf sie zu. Beim Näherkommen erkannte er, daß es sich offensichtlich um eine Pilgergruppe aus dem Land handeln mußte, denn die jungen Männer waren alle gleich gekleidet und sangen fromme Lieder. Er nahm an, es seien fromme Lieder, den Text konnte er nicht verstehen.

Sie hielten an und winkten ihm zu. Er näherte sich ebenfalls winkend und hielt sein Pferd vor der Gruppe an. Zwanzig Mann in schwarz eingefärbten Ledermonturen und kahlrasierten Schädeln schwenkten eine Art Weihegefäße über ihre Köpfe, deren vordere Hälfte bunt bemalt und die hintere mit einem kleinen Zopf versehen war. Auf den Schultern trugen einige weiße Ratzen (mäuseähnliche Tiere), und in die Ohrläppchen hatten sie sich 15er Dachbinder gesteckt.

Orcan hob die rechte Hand: «Guten Gruß, fromme Männer, könnt ihr mir den Weg zum Sitz der Götter weisen?»

Höhnisches Gelächter war die Antwort, und Orcan hatte Mühe, die gutturalen Laute zu verstehen, die ihm entgegenschleuderten. Die Ratzen hüpften aufgeregt von den Schultern der Jungmänner, die jetzt eine eindeutig feindselige Haltung einnahmen: «Merr könne derr de Wesch in de Sakkofack zeische, du Schickymicky», glaubte der Cholerianer zu hören, dann waren sie auch schon über ihm und prügelten mit den vermeintlichen Weihegefäßen, aus denen es verdächtig nach Muff roch, auf ihn ein. Nachdem die ersten Gefäße auf seiner gezwirnten Stirn zerplatzt waren, hatte er sich gefaßt und drosch zurück. Sie fielen um wie die Fliegen, und nur den Anführer verschonte der Hüne.

«Was habe ich euch getan, wer seid ihr überhaupt, mich grundlos anzugreifen?» Er schüttelte den jungen Burschen so kräftig, daß dem die Dachbinder aus den Ohren fielen und er jammerte: «Wer bist 'n du, daß de die mäschtiche Reknup so zusammeschlache kannst?»

«Ich bin Orcan und stelle hier die Fragen.»

«Ei, uns mächts halt Schpaß und Freud, so e Klopperei, merr hatte nix gesche disch persönlisch.»

«Kennst du den Weg zum Göttersitz?»

«Immer geradeaus und am Wachturm links.»

Orcan warf ihn in den Staub, und ohne die Horde noch eines Blickes zu würdigen, trabte er dem Wachturm entgegen.

In dem halbverfallenen Gemäuer schien es hoch herzugehen, Musik und der Geruch von Rauchwerk schlugen Orcan beim Eintritt entgegen. Grellbunt gekleidete Männlein und Weiblein lagen auf dem Boden und lauschten, in tiefe Andacht versunken, den Klängen zweier Trommeln. Der Cholerianer zog sein Schwert, es war noch keine Stunde her, daß er auf fromme junge Leute hereingefallen war. Die hier schienen aber wirklich harmlos, sie nahmen ihn kaum zur Kenntnis, bedeuteten ihm nur mit einer Handbewegung, sich zu setzen. Er blieb lieber stehen und rief: «Ich brauche Proviant!»

Ungläubige Blicke trafen ihn: «Was meinst du mit Proviant?» fragte ihn ein junges Mädchen mit müden Augen. «Willst du Niakok oder Nioreh?»

«Ich dachte an Pökelfleisch und Wasser.»

«Ach so, natürlich, ich werde dir nachher etwas zusammenpacken, aber jetzt setz dich erst mal und versuche von diesem köstlichen Niakok.» Sie hielt Orcan einen Beutel mit weißem Pulver hin.

«Für was soll das gut sein?» fragte er mißtrauisch.

KACZMAREK'84

«Hast du Angst, wir wollen dich vergiften? Da, schau her!» Sie nahm das weiße Pulver, streute sich etwas davon auf den Handrücken und sog es durch die Nase.

«Es gibt dir Kraft und macht einen klaren Kopf», fügte sie hinzu. Orcan beobachtete, wie ihre müden Augen zu strahlen begannen und ihr Körper sich straffte.

«Dann gib! Was einem Weib nicht schadet, kann mir auch nicht schaden.»

Nun war Orcans Nase gut fünfmal so groß wie die des Mädchens, und so bemaß er seine Portion. Schnüffelnd zog er sich den gesamten Beutelinhalt ins Gehirn.

Flutsch, matsch, flutsch machte es in seinem Kopf, die Augen – ohnehin leicht basedowisch – quollen hervor, und er japste nach Luft.

«Gugugugugugugu», hörte er das Mädchen sagen, dann fuhren ihm die Kräfte des Stoffs in die Lenden. Er sprang auf, griff sich das nächstbeste Geschöpf und behandelte es nach alter Sitte. Dann griff er sich das nächste und das nächste und das nächste, bis er alle 135 durchhatte. Erst dann brach er in einen erschöpften Schlummer. Er merkte nicht einmal, daß er liebevoll zugedeckt wurde, geschweige denn war ihm klar, daß er soeben die größte Nummer in der Geschichte Rowoniens abgezogen hatte. Noch Jahre später sollten ihn Dankesbriefe und Besuchsbitten von Frauen und Männern der NUM-Sippe erreichen, und er wußte nicht, wieso und warum. Nur ein leicht peinliches Gefühl in seinem Unterbewußtsein sagte ihm, daß damals eine ganz große Sache ohne seinen Willen geschehen sein mußte.

Als er am nächsten Tag die freundlichen Leute verließ, hatte er so viel Wasser und Pökelfleisch in seinem Gepäck, daß es die Pferde kaum tragen konnten.

«Komm bald wieder, komm bald wieder zu uns», hallten noch lange die Rufe seiner Gastgeber, und Orcan versprach es.

Freundlicher Empfang und freundlicher Abschied – wann hatte er je diese Kombination erlebt? Er war gerührt.

Und kurz und dunkel erinnerte er sich daran, etwas Ähnliches schon einmal erlebt zu haben, aber wo und wann?

Es fiel ihm nicht ein; es gab Wichtigeres.

21. Episode

Die großen Spiele

Helden verhalten sich weder konform noch logisch, konsequent oder überhaupt nur berechenbar. Helden vergessen viel oder erinnern sich an nie Gewesenes. Helden sind eben anders als andere Menschen, und deshalb wird sich auch niemand wundern, wenn sie mit anderen Gesichtern auftauchen und eine andere Sprache sprechen oder ihre Pläne ändern. Doch so ein Ariel (Luftikus) war Orcan nicht. Er handelte höchstens mal nach der Devise: Aufgeschoben ist nicht aufgehoben. So wird es klar, daß er seine Reise zum Göttersitz in einer Stadt namens Netha unterbrach, weil dorten die schnellsten, stärksten und geschicktesten Männer der Welt zusammengekommen waren, um ihre Kräfte im friedlichen Wettstreit zu messen.

Die Stadt erstrahlte im weißesten Weiß, bunte Fahnen aus aller Herren Länder wiesen den Ankommenden den Weg zur Kampfstätte, und die Straßen quollen von gutgelaunten, lärmenden Menschen über. Ein Fest dieser Größenordnung hatte Orcan noch nicht erlebt. Dagegen waren die Opferungen von Ranzik eine Altweiberrunde.

Nachdem er einen Unterstellplatz für die Pferde und ein Lager für die Nacht gefunden hatte, was bei dem Andrang gar nicht einfach gewesen war, begab sich Orcan in die nächstbeste Schänke.

Er bestellte sich bei der graublonden Schankmaid zwölf Glas Muff und trank sie in einem Durchgang. Das erregte Aufmerksamkeit. Die Maid fragte ungläubig staunend: «Du mußt der Tribun aus Baischuwarien sein, der für das Schnelltrinken gemeldet ist.»

Orcan rülpste und schüttelte den Kopf: «Schenk nach, und erzähl mir, was hier los ist.»

Jetzt war die Holde ganz von den schweren Holzpantinen. «Bist du nicht wegen der Spiele hier?»

«Nein, ich bin auf dem ... aber egal, erzähl endlich.»

«Du mußt aus einer anderen Welt sein. Weißt du denn nicht, daß sich hier alle vier Jahre die größten Kämpfer der Reiche treffen, um sich in den zwölf göttlichen Disziplinen zu messen?»

«Nein, was sind Diszi, Dzzi ... Diszi ...?»

«Ach, das Wort haben die Suhobawuhot erfunden, es heißt soviel wie Wettkampfarten.»

«Und davon gibt es zwölf?»

«Dieses Jahr gibt es zwölf, aber es werden ständig mehr.»

«Und welche sind es heuer?»

«Hach, eben hast du dich verraten, du bist doch aus Baischuwarien und willst mich nur auf den Arm nehmen.»

«In den Arm, nein, ich meine es ernst.»

«Na schön, ich will mal nicht so sein. Die erste Disziplin ist das Schnelltrinken, da kann sich jeder anmelden, der nachweislich mehr als zwanzig Becher Muff trinken kann. Bisher waren das nur Baischuwarier. Aber wenn du wirklich keiner bist, könntest du heute abend gewinnen. Die zweite ist der Dödelweitwurf, dann gibt es noch Armdrücken, Ringkampf, Schnellaufen mit und ohne Pferd auf dem Rücken, Bogenschießen auf lebende Zocks, Heben von Felsen, Schwertkampf, Alle Neune, Knochenbrechen und Mauerstoßen.»

«Die letzten drei kenne ich nicht», verlangte Orcan nach genauerer Beschreibung, während er sich die zweite Runde Muff schmecken ließ.

«Das sind die schlimmsten, ich mag sie gar nicht. Beim Mauerstoßen müssen die Kämpfer so lange mit dem Kopf gegen die Stadtmauer rennen, bis eins von beiden zerstört ist. Meistens bleiben die Köpfe auf der Strecke. Die Baischuwaren sind da immer Meister geworden. Bei Alle Neune werden die Verlierer vorangegangener Wettbewerbe im Viereck aufgestellt, und die Gegner werfen einen Rundfelsen nach ihnen. Das kann arge Verletzungen geben. Knochenbrechen ist dagegen harmlos. Wer dem anderen zuerst einen Knochen bricht, hat gewonnen. Wo wirst du mitmachen?»

«Ich nehme alles, sofern es sich zeitlich machen läßt.»

«Du mußt dich bei einem der Suhobawuhot (Betreuer, Trainer, Organisator) anmelden. Warte, ich zeige dir die Anmeldestelle.»

«Das ist aber förmlich.»

«Ordnung muß sein, sagen die Suhobawuhot immer, deshalb sind auch zwölftausend von ihnen hier in der Stadt.»

«Und wie viele Krieger?»

«Kämpfer gibt es 24.»

«Seltsam.»

«Es ist der Ordnung wegen.»

«Wie auch immer, bisher war solcher Aufwand nicht nötig, um einen guten Kampf zu haben.»

«Die Zeiten ändern sich, großer Fremdling.»

«Ich werd's mir merken.»

«Komm jetzt, ich bringe dich zum Obersuhobawuhot.»

Der Cheforganisator residierte in einem Obsidianpalast. Unzählige Helfer flitzten geschäftig durch die Gänge und trugen riesige Stapel Papyrus von einem Zimmer ins andere. Endlich hatte sich Orcan, der in sieben Sorüb vergeblich gefragt hatte, bis zum Chef durchgekämpft. Ein unglaublich alter, dünner Mann thronte hinter Bergen von Schriftstücken und schaute mäßig interessiert auf den Eintretenden.

«Ich möchte bei den Spielen mitmachen», trug Orcan seinen Wunsch vor.

«Augenblick, dazu brauche ich Papyrus 18, also: Name?»

«Orcan.»

»Geboren, wann, wo, wie und warum?»

«Vor 24 Sommern in Choleria, wie ich erfahren habe. Unter ungewöhnlichen Umständen und weil es sich so ergab.»

«Schön, schön, zu welchem Spiel willst du dich melden?»

«Zu allen.»

«Soso, na, ich kann das zwar notieren, aber bisher hat niemand mehr als vier Bewerbe durchgestanden.»

«Werde ich eben der erste sein.»

«Ich habe nichts dagegen. Ich brauche dann zwölf Unterschriften, dreifach selbstverständlich, den Namen des Verwandten, an den wir deine Habe schicken sollen, falls dir was passieren sollte, und (er wühlte in den Schriften) zwölf Goldstücke Startgeld.»

«Startgeld???»

«Das mußt du zahlen, um dabeizusein.»

«Verstehe, und was gibt es zu gewinnen?»

«Neben Ehre, Ruhm und Weibern bekommt jeder Hauptsieger einen Werbevertrag!»

«Was ist denn das?»

«Du unbedarfter Narr, das ist das Höchste!»

«Ich dachte, die Götter seien das Höchste.»

«Na, dann eben das Zweithöchste, mit einem Werbevertrag hast du ausgesorgt für dein Leben. Du brauchst nie mehr arbeiten oder kämpfen, stets hast du Gold und Weiber. Und das alles für einen läppischen Sieg und die Erlaubnis, die du, sagen wir mal einer Muff-Bräu, gibst, deinen Namen zu verwenden.»

«Ich verstehe noch immer nicht.»

«Paß auf, solltest du gewinnen, kommt ein Vertreter der Erewhonschen Muff-Bräu und gibt dir ein Stück Papyrus, das du unterschreibst. Darin steht, daß du 30 Sommer und Winter täglich ein Goldstück bekommst, jährlich eine neue Frau, Pferde und was immer du willst. Dafür dürfen sie überall in Erewhon oder anderswo erzählen: . . .» er suchte nach dem Namen – «Orcan, der Sieger im Ringkampf der Spiele von soundsoviel, trinkt nur besten Muff von Eremuff aus Erewhon.»

«Von mir aus, es ist mir gleich, welchen Muff ich trinke.»

«Dann unterschreibe hier endlich, und komm heute abend in das *Koloß* zum Muffkampf.»

Orcan tat ihm den Gefallen, nachdem er erfahren hatte, daß das *Koloß* die größte Schänke des Ortes war.

22. Episode
Zwölfkampf

Orcan erreichte die Schänke gerade noch rechtzeitig. Die anderen Teilnehmer hatten bereits auf einem Podium Platz genommen und warteten auf das Startzeichen. Es handelte sich bei seinen Konkurrenten ausschließlich um große ältere Männer mit gewaltigen Muff- oder Metbäuchen.

Vor jedem stand ein Faß, dessen Inhalt gut 50 Liter sein mochte. 50 Liter Muff, versteht sich. Orcan nahm seinen Platz ein, da kam auch schon das Zeichen. Der Cholerianer hatte keine Zeit mehr, seine Gegner genauer zu beäugen, denn es galt, das Faß in höchstmöglicher Geschwindigkeit zu leeren. Er hielt sich wacker. Die anderen erwiesen sich schlußendlich jedoch als geübtere Trinker, und Orcan landete zu seinem eigenen Erstaunen nur auf dem vorletzten Platz. Im Gegensatz zu ihnen wirkte er nach dem ersten Faß frisch und durstig und orderte in Unkenntnis der Regeln ein zweites, welches er vor den Augen des staunenden Publikums und der im Sinn des Wortes fassungslosen Kontrahenten leerte. Ein drittes schaffte er ebenfalls ohne größere Schwierigkeiten und zwang so die Kommission der Suhobawuhot, zusammenzutreten und eine Regelerweiterung zu beschließen: Er erhielt einen Sonderpreis für die größte je geschluckte Menge.

Die nächsten Tage verliefen, wie es sich der Mann aus Choleria vorgestellt hatte: Er siegte im Laufen (mit und ohne Pferd), im Dödelwurf, beim Ringkampf, Bogenschießen, Armdrücken, Felsenheben und Schwertkampf.

Beim Mauerstoßen erreichte er einen ehrenvollen Platz. Er siegte gemeinsam mit dem Baischuwaren Emu, und nach diesem großen Kampf mußte eine neue Stadtmauer gebaut werden.

Emu gratulierte seinem Mitsieger mit den launigen Worten: «Auch vierfach gezwirnt, was?»

Orcan nickte, und Emu setzte nach: «Meine Stirn ist allerdings noch zweifach gehobelt, und bei einer stärkeren Mauer wäre ich zweifellos der alleinige Sieger gewesen.»

Es kratzte unseren Helden nicht. Er gewann statt dessen lieber das Knochenbrechen, ohne auch nur eine Schramme abzubekommen.

Auf «Alle Neune» verzichtete er dagegen, da es ihm nicht lag, unterlegene Gegner zu demütigen. Erst nach den Spielen erfuhr er, daß seine Siege eigentlich gar nicht so toll gewesen seien (die Neider steckten es ihm), da die Nanoc-Sippe, die Nessuren und andere wilde Völker diesmal gar nicht teilgenommen hatten, weil sie Werbeverträge mit Muff-Firmen als Dekadenz und Untergang der guten Kampfsitten ansahen.

Wütend stapfte er daraufhin durch die entschmückten Straßen und ließ in der nächstbesten Schänke ordentlich Dampf ab. Es war ihm nur zu recht, daß der Wirt nach dem dritten Faß patzig wurde und etliche der unerträglichen DAM-Leute, offenbar Stammgäste dort, glaubten, auf Grund ihrer Überzahl mit ihm streiten zu können. Er schliff die Kneipe bis auf die Grundmauern, und keiner kam mit heilen Knochen dort heraus. Jahrhundertelang blieb dieser Ort eine Wallfahrtsstätte für Nachwuchssportler, die sehen wollten, zu was ein echter Athlet eigentlich fähig ist.

Nach diesem Kraftakt hielt ihn nichts mehr in dieser Stadt, und er packte seine Sachen, um sich endlich den Göttern zu stellen. Das alte Lied auf den Lippen, ritt er seinem Ziel entgegen.

Den Göttern waren seine neuerlichen Heldentaten nicht verborgen geblieben, und sie entwickelten hektische Aktivitäten. Eine leichte Aufgabe stand sicherlich beiden Seiten nicht bevor . . .

23. Episode
Im Haus der Götter

«Bei mir», wetterte Nadow, «da will sich dieser Wahnwitzige wirklich mit uns messen. Wo kommen wir denn hin, wenn sich jeder kleine oder große Held einbildet, gegen die Götter streiten zu können. Was meint ihr denn, Jungs?»

Die ‹Jungs› blickten ihn mit Unbehagen an: «Mit einer Windhose dürfte es diesmal nicht getan sein», bemerkte Roth, der mächtige Gott mit dem gewaltigen Hammer, der Waffenmeister der Göttercrew.

«Und was meinst du, Götterbote?»

«Erst mal meine ich, daß du aufhören solltest, uns göttermäßig zu titulieren. Mir hängt das Spiel schon seit 350 Jahren zum Hals heraus, und einige von uns laufen wirklich Gefahr, sich allmählich für Götter zu halten.»

Nadow wurde ärgerlich: «Was heißt hier Spiel? Die Dinge haben sich im Lauf der Zeit eben so entwickelt, und es hat uns allen Spaß gemacht.»

«Einmal muß Schluß sein. Was meinst du denn, Freya?»

Freya war die Frau des Raumschiffcaptains Neki Nead.

«Mir ist es eigentlich gleichgültig, wie wir uns untereinander anreden, aber nach draußen sollten wir den Schein unbedingt wahren. Die Völker dieses seltsamen Planeten sind viel zu unreif, um ihnen anders als bisher gegenübertreten zu können. Wie sollten wir denen klarmachen, daß wir nichts weiter sind als gestrandete Raumfahrer?»

«Wir machen uns einen Jux mit ihm, so haben wir's bei diesen Barbaren immer gemacht.»

«Ich halte ihn für zu gefährlich, Kundschafter. Ich bin dafür, ihn auszuschalten.»

«Du willst ihn töten?»

«Nur im äußersten Notfall. Wir sollten ihm vorher unlösbare Aufgaben stellen, dann verliert er vielleicht von selbst die Lust.»

«Der nicht, der ganz sicher nicht. Der ist das sturste Exemplar seiner Rasse.»

«Wir könnten ihn mit der Windmaschine immer wieder zu seinem Ausgangspunkt befördern.»

«Die ist leider nach dem letzten großen Sturm defekt.»

«Was funktioniert in diesem Saftladen eigentlich noch, Waffenmeister?»

«Fast nichts, aber wir könnten unsere drei künstlichen Sonnen vom Himmel holen und auf Orcan stürzen lassen. Dann hätte er einen heldenhaften Abgang.»

«Du weißt doch, daß die drei Sonnen unsere einzige Chance sind, von unseren Leuten gefunden zu werden. Diese künstlichen Leuchtfeuer sind unentbehrlich.»

«Das würde ich nicht sagen, Captain. Wir haben bei der Reparatur des Antriebs inzwischen beachtliche Fortschritte erzielt, und wenn nichts dazwischenkommt, werden wir das Problem noch in diesem Jahr gelöst haben.»

«Warum sagt mir das denn keiner?»

«Du warst zu sehr mit deiner Rolle als Gott beschäftigt, außerdem, was hättest du uns helfen können?»

«Na, na, werde nicht frech, es ist immerhin mein Schiff, und ich muß über alles informiert werden.»

«Das bist du ja jetzt.»

«Schön, dann arbeitet weiter.»

Er entließ die Männer mit einer Handbewegung, nur seine Frau blieb bei ihm.

«Mäusebärchen, ich glaube, wir sollten Vorkehrungen treffen für Orcans Ankunft.»

«Und was soll ich tun, Schnuckiputz?»

«Du solltest Boten in die Lande schicken und die grauenhaften Gruselmonster zusammentrommeln lassen. Wir sollten sie direkt vor der Schleuse postieren.»

«Ich tue, was du sagst, mein Kleines.»

Die fast acht Fuß große Frau strahlte ihn an und begann, seinen feuerroten Bart zu kraulen, während er die entsprechenden Befehle gab.

Kurze Zeit später wurde eine Mehrzweckhalle vor dem Schiff aufgestellt, und die Monster nahmen ihre Plätze ein.

GOD'S HOM
KACZMAREK '84

Alle Feinde Orcans waren auf den unterschiedlichsten Wegen in die Halle befördert worden: Die Männer des DAM, die Tungs, die vielen Könige mit ihrem Gefolge, selbst die Wirte, die Hexen und Zauberer, die Untiere und Priester, nichts und niemand war vergessen worden – von Nanoc abgesehen, den immer noch der Ziegenpeter plagte.

Orcan blickte auf die silberglänzende Hülle des Raumschiffs, vor dem die Mehrzweckhalle dunkel dräute. Es war ihm klar, daß er da hindurch mußte, um in den Sitz der Götter zu gelangen, und es war ihm ebenso klar, daß das nicht ganz leicht sein würde. Aber nach dem, was die Götter ihm bisher in den Weg gestellt hatten, konnte es so schlimm nicht sein. Er war optimistisch. Mit dem Fuß – dem starken linken – trat er die Plastikwand ein. Infernalisches Geheul schlug ihm entgegen. Rufe wie: «Tod dem Orcan» erschollen, Waffen blitzten, Zaubersprüche wurden gemurmelt.

«Aaaaaaaaaooooooooooooeeeeeeeeiiiiiii», schrie der Cholerianer und warf sich ins Getümmel.

Hageldicht trafen tödliche Schläge seinen Körper, lähmten Zaubersprüche mal dieses, mal jenes Glied. Tödlich wären die Hiebe natürlich nur für jeden anderen gewesen, und die Lähmungen waren für seine Konstitution erträglich, dennoch machte ihm der Kampf schwer zu schaffen. Kaum glaubte er, etwas Luft zu haben, kam der nächste Schwall über ihn. Die Mächte des Bösen kämpften mit allen Mitteln und Tricks. Er füllte seine Lungen und schrie abermals seinen animalischen Schrei. Nun hatte er wirklich einen Moment Luft. Er nutzte ihn und schlug sich durch die Reihen der Feinde wie eine Fräse durchs Holz.

Orcan kämpfte mit den Schergen des DAM, die ihn allein durch ihre große Zahl zu erdrücken suchten, als im Schiff eine Art Vorentscheidung getroffen wurde.

«Wir werden – und das haben wir bislang gar nicht bedacht – versuchen, mit ihm ganz vernünftig zu reden. Ihm unsere Lage schildern. Zeigt er sich uneinsichtig und will nicht mit sich reden lassen, können immer noch die Laser in Aktion treten. Es sieht aber nicht so aus, als müßten wir uns Gedanken machen.»

Der Captain deutete auf den Monitor: Orcan stand, umringt von grauenvollen Geschöpfen aller Art, mit dem Rücken zur Wand. Er wirkte angeschlagen und müde. Unzählige Hände und Klauen hoben sich, ihm den Gnadenstoß zu versetzen. Da pumpte er ein letztes Mal die mächtigen Lungen voll Luft, um seinen Urschrei auszustoßen.

Doch diesmal lief die Sache anders, geradezu gegenteilig. Die angestaute Luft entlud sich im gewaltigsten Furz der Menschheitsgeschichte – ja, auch da setzte Orcan Maßstäbe –, fuhr gegen die rückwärtige Wand und schlug – Orcan mitnehmend – in die Halle zurück.

Wer nicht bei dem Donnerschlag taub wurde, wer nicht an den Gasen erstickte, konnte sich glücklich schätzen. Es waren nur wenige, denen die Flucht aus den Trümmern der Halle gelang. Orcan selbst war durch seine Arbeit in den Jauchegruben derartiges gewohnt, so daß er sich seinen ungewöhnlichen Sieg vorerst nicht erklären konnte. Selbst die Leute vom DAM, die auch viel mit derlei zu tun hatten, stellten sich nicht wieder zum Kampf.

Im Inneren des Raumschiffs hatte man zwar gehört und gesehen, doch ebenfalls nichts begriffen.

«Verflucht», lamentierte der Captain, «das, was er da eingesetzt haben muß, kommt der ultimaten Waffe schon recht nah. Wir sollten alles versuchen, eine gütliche Einigung mit ihm zu erzielen. Das beste wird sein, wir öffnen die Schleuse und lassen ihn herein.»

«Unmöglich», rief da der Chemiker dazwischen, «draußen ist die Luft mit einem uns unbekannten Gas, tja, ich würde sagen Kampfgas, gefüllt.»

«So was kann selbst Orcan nicht erfunden haben», zweifelte der Waffenmeister.

«Sieh selbst auf die Analysegeräte.»

«Hm, es stimmt, aber es wird zusehends schwächer. Es zieht langsam ab.»

«Dann öffnet endlich die Schleuse, und sorgt für ein bißchen gute alte elektronische Musik.»

So geschah es, und herein stapfte «Orcan, der Sieger».

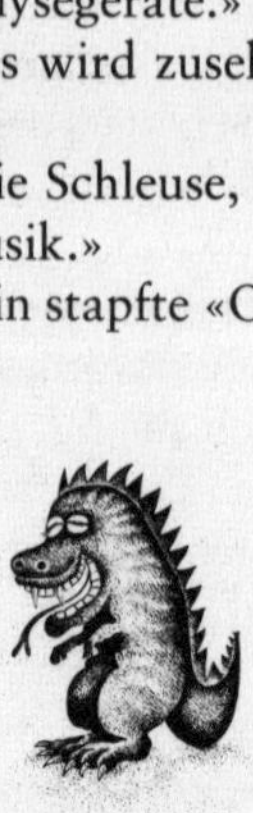

24. Episode
Orcan, der Sieger

Sie sahen ihm mißtrauisch entgegen. Ihm, dem schwerbewaffneten Barbaren, der sie spüren ließ, auch nur Sterbliche zu sein. Sie, die altbewährten Raumfahrer, die fast nichts fürchteten, die Sonnen gesetzt und Religionen gestiftet hatten. Sie, die irgendwo aus dem Pferdekopfnebel – von Terra aus gesehen – gekommen waren, um neue Handelsrouten in diesem kleinen Spiralarm der Galaxis zu erkunden.

Sie also standen nun vor ihm, verunsichert und fasziniert zugleich. Der ungehobelte Klotz blickte die Wesen mit dem größten Durchblick zwischen Beteigeuze und Andromeda furchtlos an. Sie waren körperlich um einiges größer als er. So muß es auch sein für Götter, dachte Orcan. Er verhielt sich abwartend, harrte unbewegt aus, bis Nadow das Wort an ihn richtete: «Ich bin Nadow, und was du hier sonst noch siehst», er deutete auf seine Gefährten, «waren die Götter deiner Welt. Es stimmt zwar, daß wir von den Sternen kommen, ansonsten sind wir aber Menschen wie ihr. Unsere Burg ist ein fliegendes Schiff. Im Augenblick haben wir jedoch Schwierigkeiten, es wieder in die Luft zu bekommen. Kannst du uns folgen?»

Orcan grübelte eine Weile: «Verstehe ich euch recht? Ihr wollt nicht kämpfen?»

«Dieser Barbar, kann wohl immer nur ans Kämpfen denken . . . nein, wir wollen weg von hier. Auf eurem Planeten wird auch ohne uns genug gekämpft.»

Der Waffenmeister unterbrach: «Laß das Moralisieren, Orcan würde es nicht verstehen, für ihn ist der Krieg der Vater aller Dinge.»

Orcan hatte gehört, aber nicht verstanden. In diesem Augenblick kam die Frau des Captains in die Zentrale und starrte Orcan lüstern an. Der Captain deutete den Blick richtig und bekam ihn prompt in den falschen Hals: «Verschwinde!»

Den Ton mochte Orcan nicht, obwohl er nicht gemeint war, und griff zum Dödel. Da quäkte eine Stimme hinter dem Cholerianer aus dem Lautsprecher. Es war der Cheftechniker, der aus dem Maschinenraum die neuesten Daten durchgeben wollte. Orcan hielt es natürlich für einen üblen Trick, denn er sah niemanden. Blitzschnell schleuderte er den Dödel in Richtung des Lautsprechers und traf ein großes metallenes Gerät, an dem viele Lämpchen in Intervallen leuchteten. Die Wucht des Dödels spaltete das Gerät in der Mitte.

Nadow schrie entsetzt auf: «Er hat den Hauptcomputer getroffen. Dieser Narr hat den Zentraldenker zerstört, jetzt kommen wir hier nie mehr weg.»

Die Mannschaft stand wie gelähmt. Selbst Orcan war vom Gang der Dinge überrascht und machte keine weiteren Kampfesgesten. Wieder kam die Stimme des Cheftechnikers über die Sprechanlage: «Mensch, Captain, was habt ihr denn da oben gemacht, plötzlich sind die Maschinen angesprungen.»

Seine Stimme überschlug sich: «Wir, wir könnten sofort starten. Alles läuft sauber und normal.»

Unglaublicher Jubel brach unter den Göttern aus. Orcan war klar, daß das keine Götter sein konnten, das mußten Verrückte sein. Wer sonst sollte sich darüber freuen, wenn er mit dem Dödel Einrichtungsgegenstände demolierte. Langsam ging er auf den Computer zu, wollte seine Streitaxt zurückholen. Ein scharfer Ruf des Waffenmeisters befahl ihm, stehenzubleiben.

«Willst du mir Befehle erteilen?» fragte er unwirsch.

«Nein, nein, gewiß nicht», beeilte sich der zu versichern. «Ich will dich nur bitten, uns deine Axt als Andenken zu überlassen. Du bekommst eine echte Götteraxt. Nein, noch besser, du bekommst meinen Hammer!»

Orcan überlegte nicht lange: «Der Hammer Roths ist kein schlechter Tausch gegen einen gewöhnlichen Dödel, ich bin einverstanden.»

Eilig wurde der große automatische Hammer, der gleichzeitig als Bohrer, Säge und Axt diente und auf den Namen «Bleckdrecker» hörte, herangeschafft. Roth erklärte Orcan die Funktionen.

«Wenn du einmal ‹Bleckdrecker› rufst, wird er zur Axt, zweimal rufen macht ihn zur Säge, dreimal . . .»

Orçan
KACZMAREK '81

Orcan hörte interessiert zu und steckte das Ding an seinen Gürtel. Es schleifte fast auf der Erde.

«Was ist mit dem Kampf?» hakte er nach.

Doch die «Götter» hatten jetzt anderes zu tun: «Schon gut, schon gut, du hast ihn gewonnen. Wir werden vor dir fliehen, und alle Welt wird es sehen. Bringt ihn nach draußen.»

Orcan war zu verdutzt, um zu protestieren. Widerstandslos ließ er sich nach draußen bringen. Er war kaum sechzig Fuß vom Schiff entfernt, als dieses sich in die Lüfte erhob und am Firmament verschwand.

Orcan kehrte zu dem Platz zurück, an dem er seine Sachen vergraben hatte und wo sein ziemlich lädiertes Pferd auf ihn wartete. Er grub alles an Schätzen aus, was noch da war. Einen Teil hatten nämlich die Wüstentauschratten entführt und statt dessen Steine hinterlegt. Es kümmerte ihn nicht. Er hatte alles erreicht – vorerst.

Die Suche nach seiner Familie, der dunkelgrauen Herkunft, konnte beginnen. Vielleicht auch der Kampf gegen die Herrin der Unterwelt, von der er in jüngster Zeit immer häufiger gehört hatte und die angeblich mächtiger sein sollte als die Götter, die es ja nicht mehr gab. Gab es sie wirklich nicht mehr? War ihre Flucht nur ein Trick? Aber welchen Grund sollten sie gehabt haben, vor ihm zu fliehen? Würde er ihnen jemals wieder begegnen?

Er schüttelte heftig den Kopf. Es half nichts, darüber zu brüten, die Zeit mußte es weisen.

Er belud sein Pferd und führte es langsam aus der kleinen Talsenke.

Urplötzlich scheute das tapfere Tier, warf die Ladung ab und galoppierte, vom Grauen gepackt, davon. Vor Orcan stand . . .

Fortsetzung folgt